U0518402

DE PROFUNDIS

自 深深处

OSCAR WILDE

[英] 奥斯卡·王尔德——著

叶蔚芳——译

陕西师范大学出版总社

图书代号：SK15N0939

图书在版编目（CIP）数据

自深深处 ／（英）王尔德著； 叶蔚芳译 . —西安：
陕西师范大学出版总社有限公司，2016.1（2017.1 重印）
ISBN 978-7-5613-7609-6

Ⅰ.①自… Ⅱ.①王… ②叶… Ⅲ.①书信集—
英国—近代 Ⅳ.① I561.64

中国版本图书馆 CIP 数据核字（2015）第 265269 号

自深深处

ZI SHEN SHEN CHU

[英]奥斯卡·王尔德著 叶蔚芳译

责任编辑 焦 凌 梁 菲
责任校对 焦 凌
特约编辑 陈艺恒 陈 淡
装帧设计 董歆昱
出版发行 陕西师范大学出版总社
　　　　　（西安市长安南路 199 号 邮编 710062）
网　　址 http://www.snupg.com
经　　销 新华书店
印　　刷 山东临沂新华印刷物流集团有限责任公司
开　　本 880mm×1230mm 1/32
印　　张 5
插　　页 4
字　　数 87 千
版　　次 2016 年 1 月第 1 版
印　　次 2017 年 1 月第 3 次印刷
书　　号 ISBN 978-7-5613-7609-6
定　　价 25.00 元

读者购书、书店添货或发现印装有问题，请与营销部联系、调换。
电 话：(029) 85307864　85303629　传 真：(029) 85303879

译者序

炼狱告白

这是一封寄自炼狱的万言情书。怀情者王尔德对薄情者道格拉斯，即信中的波西时而涕泣软语，时而怨愤怒斥。最终在神启的慰藉和艺术的美好的双重感召下，怀情者超越世情走向了救赎的平静。《自深深处》写于一八九七年一月至三月，是王尔德出狱前四个月所写，也是王尔德的最后一部散文作品。通过这封信的书写，王尔德似乎大彻大悟了。实际上，出狱后仅三年，即一九〇〇年十一月，年仅四十六岁的王尔德便永别人世。一九〇五年该信部分出版，直到一九六二年该信才全文发表。

奥斯卡·王尔德生于十九世纪的英国，作为唯美主义的代表人物，在当时的伦敦，他的每部作品几乎都能够在舞台上大放光彩，可谓红极一时。然而这一切却戛然而止于他与其同性情人阿尔弗雷德·道格拉斯之间的相遇与相恋。一八九五年，道格拉斯的父亲昆斯伯侯爵控告其"与其他男性发生有伤风化的行为"，王尔德在道格拉斯的怂恿下上诉，却以失败告终。根据当时英国的刑事法律，王尔德被判有罪，在里丁和本顿维尔监狱服刑两年，其间遍尝人间苦果。

文学艺术既美丽又残酷。倘若王尔德生活在当今，他就不会因为他的性取向而蒙灾受辱，抑郁早逝，而我们也不必为眼看这样一位天才作家受到摧残而扼腕叹息。但那样也意味着这封字字泣血的传世情书不会诞生于世。狱中的王尔德对道格拉斯坦言"与你的友谊是我思想堕落的开始"，但正是这堕落向王尔德启示了灵魂的另一层境界。众所周知，双性恋者王尔德的同性恋行为难容于他所生活的十九世纪。尽管比起之前几个世纪的同性恋被处极刑的惨景，王尔德的破产服刑已显社会渐趋宽容，但他仍旧难逃入狱的后果。之后的二十世纪，同性恋的解放运动迫使英国反思修正法律领域与道德领域的分界线。一九五四年，以约翰·沃芬顿公爵为首的委员会开始调查有关同性恋的英国法律。最后发表了《关于同性恋与卖淫问题委员会的沃芬顿报告》，认为社会不能用法律机构将刑事犯罪与道德之恶等同起来。社会"应保留一个由个人来判定行为是否道德的领域，这个领域用简明的话说，不关法律的事"。一九六七年，英国法律终于将两相情愿的成年人之间的同性恋关系合法化。

　　我的整个翻译过程也是体验文学艺术家王尔德的真情和诚实的过程。王尔德写该信的直接动因是他为之入狱的同性情人道格拉斯在王尔德整个服刑期几乎销声匿迹，从未来狱中探望，也未给王尔德写过片言只语，这使王尔德精神上雪上加霜。带着深深的被遗弃感（尽管王尔德出狱后道格拉斯又向他主动示好），王尔德将被击碎的深情尽注笔端，一字一句回忆这段几乎耗尽自己生命的情感历程。而这一字一句的写作也慰藉了作者自己，他重新站在理性的角度审视了自己在这段感情中的位置，饱含了作者心境的变化与经历绝望之后精神的升华。王尔德曾对该信的委托人，一生都忠于王尔德的另一位同性情人罗比说过："不论这封信对于心性狭隘和有病的头脑有没有益处，它对我是有益处的。我已经'把我胸中的许多危险的分子洗净了'，我不必使你想到，对艺术家来说，'表现'是人生的最高的、也是唯一的样式。我们是为发言而生活的。"

　　现实中乖戾嚣张的道格拉斯是王尔德欲罢不能的"毒药"。世俗的恶言讥语在爱情的支撑下或许均可化解，但所爱对象的薄情粗鄙对多情的王尔德的打击是致命的。他在信中写道："对于虚荣的你，我确信这封信将会正中你的痛处。因为，我会写你我的生活，你我的过去和将来，其间甜蜜如何变为痛苦，痛苦又如何变为快乐。若我做到了，就请你一遍一遍读这封信，直到它将你的虚荣心全部吞噬。""但我最为自责的，是允许你将我带入彻底的道德堕落。性格的基础是意志力，而我的意志力完全屈从了你。这听上去怪异，但确实是真的。那些持续不断发生的作乐场景对你几乎成了生理上的需要，身陷其中的你身心扭曲，成为一个令人不忍卒视、不忍卒听的可怕之物。"字里行间看似满腔怨恨，实则却字字呕心沥血，希望能够用自己的真情流露换回迷途中的爱人。

　　与此同时，王尔德欲找出令他情人性格扭曲的根源。从两人四年的交往中，王尔德认为道格拉斯的嚣张乖戾源于他对父亲的恨和由这恨意而生发的虚荣与傲慢。正如信中所言，长期与父亲不和的道格拉斯不断怂恿王尔德以诽谤罪起诉自己的父亲，希望能将父亲打入监狱以解心头之恨。将恨作为生活驱动力只会使人性溺于阴暗，王尔德在信中提醒道格拉斯"仇恨会蒙蔽人的双眼，这点你是不知道的。爱能读懂写在最遥远星星上的诗篇，恨却令人眼盲，除了你狭隘封闭、已被贪婪之火烤枯的欲望之园外，你一无所见。你严重缺乏想象力，这是你性格中一个真正致命的缺陷，而这完全是你内心的仇恨产生的结果。你的仇恨不断地噬咬着你的天性，就像是苔藓啃噬山毛柳的根，最后你眼中除了一些最粗劣的兴趣和最微小的目标外，别无他物。本应由爱培养的能力已被恨侵蚀毒害，陷于瘫痪。"

　　令人感动的是，对这份怨情，王尔德最终选择宽恕。即使如日中天的王尔德因这段情感生活发生断崖式的急坠：破产抄家，众叛亲离，铁窗生涯，病死异乡。无论情殇多深，王尔德对道格拉斯总留一份柔情。他企图去原谅和忍让，纵然这一切终使其身败名裂，为他留下了足够咀嚼一生的悲怆与怨愤，但王尔德却将一切过往的怨恨化作甘霖，成就了精神上的涅槃。"我没必要告诉你，无论是事发当时还是现在，我对整个事件看得是多么清楚。但我对自己说：'不管什出什么代价，我必须守护我心中的爱。如果我因受困囹圄就抛别爱，我该如何安放自己的灵魂？'……""你可知道：你若受苦我也一样受苦；你若哭泣我也泪水纵横；你若身陷奴役之屋受人唾弃，我会强忍悲伤再建筑一屋当作宝库，将别人不给你的东西上百倍地置放屋内，等你到来，为你疗伤；若苦涩的必尽之责或谨慎之心阻挡我来到你的身边——这对我单方面来说必定更加苦涩——并且剥夺你和我在一起的快乐（虽然我们还能以一种受辱潦倒的方式透过铁窗横档相见），我至少可以终年不断地给你写信，只希望我的片言只语能够让你读到，只希望被击碎的爱的残音能够让你听见。如果你拒收我的信，我也会一如从前地写，以便让你知道无论沧海桑田，总有我的信在等你阅读。"

王尔德之所以为王尔德，不在于他在一己私情中耽溺，而在于他的超越。《自深深处》的文学价值在于艺术家诚实地面对自己苦难的命运，并在苦难中体验领悟到了神子博大的爱。最后王尔德在耶稣崇高的人格中找到了真爱的力量，从而重新体验到了生命本真的喜悦。王尔德在监狱中思得的耶稣是一名艺术家，有着如火焰般强烈的想象力，是现实生活中浪漫运动的先驱。"爱就是上帝在言词上最全面最完整的呈现。""耶稣的一生无论从意义上还是表达上确实是一首田园诗，它如此完整地将悲伤和美好合为一体，尽管最终圣殿的纱帷被撕碎了，黑暗笼罩大地，石头滚到了坟墓门边。一个人总会将耶稣想象成和他的同伴们在一起的年轻的新郎，他本人确实也在某处这样说过；或想象成在山谷中穿行的牧羊人，和他的羊群一起寻找着清凉的溪水和碧绿的草地；或想象成一名歌者，努力地用音乐建造着上帝之城的围墙；或是一位恋人，全世界的爱在他的大爱面前顿显渺小。在我的眼中，耶稣的奇迹呈现的是早春来临般的那种沁入心脾的纤弱恬美和天然之趣。"

《自深深处》记录了王尔德的情殇之路：从入狱时几近窒息的锥心痛苦，到出狱时的宁和平静。一代才子到人生最后旅程才彻悟生命是以悲苦而非欣悦为底色的。若将艺术之美建立在某个人之上，并认为与这个体交往产生的与灵魂背道而驰的愉悦也是艺术的一部分，那他终会受到命运的迎头痛击。但即使遭受痛击，王尔德仍是无所保留地付出自己的情感，这是古今艺术家的通性。如当年莎士比亚为负心的神秘黑女郎赋诗："我使双眼失明，让你更显光彩，使眼睛发誓，将眼前景视成虚假——"同样，中国明代文学家汤显祖在《牡丹亭》题记中写道："情不知所起，一往而深，生者可以死，死可以生。生而不可与死，死而不可复生者，皆非情之至也。" 可以说文学艺术家王尔德是至情之人，他的一往情深令人想到已故当代作家木心先生对艺术的定义："艺术是无对象的慈悲。"诚哉斯言！

尽管我距离完美相差甚远，但你仍然可以从我身上学到很多。
你是抱着向我学习生活之乐和艺术之愉的目的来到我身边的，
或许冥冥之中，
我是被上帝挑选来教给你一个更灿烂的秘密：
痛苦的含义以及蕴含在痛苦中的美丽。

里丁，H.M. 监狱

亲爱的波西：

在漫长无果的等待之后，我终于下决心给你写信，为了你也为了我自己。因为我不愿在长达两年的牢役生活中，除了看到那些令我痛苦的消息外，竟未收到任何来自你的一言半语。

虽然你我间多舛可悲的友情关系是以我的身败名裂告终，然而对我们昔日的情感却常萦绕我心。并且一想到我心中曾经的盈爱之地将会永远被厌恶、怨恨和蔑视侵占，我就不由得悲从中来。我想，你本人也将会在心里感到，给铁窗内孤独的我写信会好于未经应允将我的信件发表，或未经请求献诗给我，尽管世上无人知晓你会在信中选择怎样的词语作为你的回答或吁求，以表达你的悲伤、激情、悔恨或冷漠。

对于虚荣的你，我确信这封信将会正中你的痛处。因为，我会写你我的生活，你我的过去和将来，其间甜蜜如何变为痛苦，痛苦又如何变为快乐。若我做到了，就请你一遍一遍读这封信，直到它将你的虚荣心全部吞噬。若你发现信中有不实之处，那么请记住，

3

一个人应该对自己因过错而受冤枉心怀感激。如果信中有一段落能让你热泪盈眶，那就请你像我们这些狱中人一样哭吧！你知道，监狱里哭泣的时段不分白天黑夜。眼泪是唯一能拯救你的。如果像上次你读到我给罗比[1]的信中那些对你的轻蔑和嘲笑后所做的那样，又去找你母亲撒娇抱怨，以此让她来安抚劝慰你，又把你哄得扬扬得意、不可一世，那你将彻底迷失。如果你为自己找到了一个虚假的借口，那你会很快找到一百个，这和从前的你别无二致。你仍然会像答复罗比那样，说我"将无价值的动机强加于你"吗？哈！你对生活没有动机，仅有胃口。动机是一种智力目标。我们友谊的开始之际你是"年少无知"的吗？你的缺陷并不是你对生活懂得太少，正相反，你对生活知道得太多了。开满鲜花、清新如晨的少年时光，它的纯净清澈的光束，它的天真无邪的喜悦和憧憬，所有这些都被你置于脑后。你迅捷地从浪漫跑入现实，阴沟和生活于阴沟中的生命开始吸引你。这是你的一切麻烦的开始之时，也正是你开始有求于我之日。根据俗世看法，我出于同情和善良，如此不明智地向你伸出了援手。你必须将这封信从头到尾读完，尽管信中每一个字对你都可能像一束炽焰或一把冰刀，会弄伤你娇弱的肌肤，会令它流血。记住，众神眼中的蠢人和凡人眼中的笨蛋不可同日而语。一个人可能对艺术的嬗变形式和思想的进步形态毫不知晓，对拉丁诗恢

---

1. 罗比，指罗伯特·罗斯（Robert Ross, 1869—1918），记者、评论家，王尔德的第一个同性伴侣，也是其一生的挚友，两人相识于1886年。

宏庄严的气度和希腊语嘹亮丰富的音韵毫无感觉，对托斯卡纳的雕塑视而不见，或对伊丽莎白风格的歌曲置若罔闻，但这个人依然可以饱含最美好的智慧。真正的愚蠢之辈是对自己一无所知的人，正如那些受众神嘲笑或损毁的人。长久以来，我就是这样一位愚人，你也一直是这样一个蠢蛋。是的，不折不扣，就是这样。不用害怕。轻浮浅薄是终极罪恶。能被意识到的事都是对的。也请你记住，我将它记载到纸上时的痛苦，比你将在信中读它时的痛苦痛上百倍。那些无法捉摸的力量对你已经很仁慈了。你所见的生活那怪异悲惨的景象就如同透过水晶球看到的影子，美杜莎之头将活人变为石头的惨剧你也只需隔镜观看。你一直在花海中徜徉，而我曾经的美丽世界已黯然失色，了无生机。

　　首先我要告诉你的是我无比自责。此时此刻，我正坐在阴暗的牢里，身为一个遭人唾弃、穿着囚服的落魄者，我诅咒我自己。在痛苦无眠的黑夜里，在单调悲伤的时日里，我只指责我自己。我恨我自己居然允许一段没有清明智慧的友谊主宰了我全部的生活。这种友谊的出发点既非创造美，亦非思索美。从一开始你我之间就存在鸿沟：你读中学时就游手好闲，进大学后又变本加厉，祸根从此埋下。你意识不到有一类艺术家，特别是像我这样的，他们的创作质量取决于个性的强烈释放。我的艺术创作要求有思想的相伴，有尚智的氛围：平静、安宁和孤寂。我的作品完成时你大为赞赏，它们初登大雅之堂带来的辉煌以及紧随其后的觥筹交错令你兴奋。作为一名杰出艺术家的密友，你自然倍感光彩。但是，你不知道艺术作品产生的必备条件。我在这里不是夸大其词，而是从确切事实的角度提醒你：我没有在你我共处的整个过程中写过一行文字。不管是在托奎、戈林、伦敦、佛罗伦萨还是其他地方，只要身边有你，我的生命总处于一种完全荒芜怠惰的状态。并且，我不无遗憾地说，除了少数时段外，你总是在我身边。

　　下面我从众多例子中仅举一例。比如，我记得一八九三年九月，纯粹是为了工作不受干扰，我住进了圣詹姆斯旅馆的一套单人间。因为我本与约翰·黑尔签约写一剧本，已经因逾期违约了，他为此对我穷追不舍。第一周你确实独善其身没来找我。在这之前我们关于你翻译的《莎乐美》的艺术价值意见相左（那倒也自然），于是你接二连三地给我寄来数封愚蠢的信，得意扬扬。那一周，我完成了《理想丈夫》第一幕的全部写作，第二周你来了，我不得不放弃我的工作。我每天上午十一点三十分赶到旅馆的住处，为的是有机会不受干扰地思考和写作。这些干扰与我自己的家庭密不可分，尽管我的家庭是安宁和睦的，但我的努力白费了。十二点你开车驾到，抽烟聊天一直待到下午一点三十分，然后我得带你去皇家咖啡屋或伯克利吃午饭。加上喝甜酒午饭一直持续到三点三十分，然后你去怀特俱乐部休息一小时。喝茶的时候你又出现了，一直待到换正装吃晚饭。然后你和我或去萨瓦，或去泰德街，通常我们要到午夜才分开，威利斯家晚宴是迷醉一天的终止符。这就是那三个月我每天的生活，天天如此，除了你出国的四天。那样一来，我当然又得去加莱接你回来。对于我的天性和脾气来说，这样的生活顿时显得怪诞可悲起来。

你现在肯定意识到了吧？你必须清楚，你缺乏独处的能力，需要别人不断关注你，你天生对别人的注意力和时间苛求过甚；你的思维和智力缺少持久的专注性——这真是不幸，我无法做出其他解释。在智力学识方面你远未获得典雅从容的"牛津气质"。纵横捭阖、满腹经纶的牛津人总是文质彬彬，能优雅地玩味诸多思想观念，而你仅以激烈的方式发泄自己的意见。所有这些事实，连同另一事实——即你的兴趣欲望在于生活而不在艺术——对你自身文化的进步和对我作为一名艺术家的工作，都带来了同等的危害。当我将你我之间的友谊，与比我更年轻的约翰·格雷和皮埃尔·路易斯之间的友谊对比时，我深感羞愧。我真正的生命，我更高的精神层面上的生活是和他们相连的，他们对我也持同样看法。

你我朋友一场，现在我并不想再提这场友谊的可怕后果，我只是在思考你我还是朋友时我们友谊的质量——那对我来说真是思想的堕落。你具有一种萌芽状态的艺术气质，但是否因为我遇见你太迟或太早，我不知道是哪一种。你一离开我就一切安好。在我前面提及的同年十二月，我终于说服你母亲将你送出英格兰。你一离开，我马上重拾业已千疮百孔的想象之网，重新将生活掌握在自己的双手中。我不仅完成了《理想丈夫》剧本余下的三幕，而且构思并基本完成了另外两部类型迥异的剧作：《佛罗伦萨的悲剧》和《神圣妓女》。但突然，我的幸福受到了致命的打击，你不请自来，如一名不速之客回国了。我的两部尚待完善的剧作就此搁浅，我无法再续写它们，当初创作它们时的心境消遁殆尽。你现在作为已出版了好几本诗集的作者，将能认识到我所言不虚。不管你能不能认识到这点，它都是占据我们友谊核心的一个可怕的真相。和你厮混就是对我的艺术完全的毁灭，允许你一直横亘在艺术和我之间，对我自己而言，则是彻底的羞愧和耻辱。这点，你既不知道，也不理解，更不重视。当然，我没有任何权力指望你什么。你的兴趣只在一日三餐和自我心情的起伏，诸多欲望归根到底就是寻欢作乐，普通或比普通还不如的享乐都在你的兴趣范围之内。这些就是你的天性所需，或你自认的一时欢娱所需。我本应禁止你不经邀请来我家或我的公寓，没能做到只能完全怪我自己软弱。是的，这仅仅是软弱。对我来说，与艺术共舞半小时远胜过与你相处一天。其实相比艺术，发生在我生命中任何阶段的任何事物对我来说都是微不足道的。但是对于一位艺术家，当软弱令想象力瘫痪时，软弱几乎就是犯罪。

我再一次谴责我自己，居然允许你令我在经济上陷入可耻的破产境地。我记得一八九二年十月初，我和你母亲坐在布莱克奈尔秋色渐浓的树林中。那时我对你的真正性格不甚了解。我们之间的交往只限于一起在牛津度过周六至周一的日子，以及一起在克劳默打高尔夫球的那十天经历。我和你母亲的话题渐渐转向你，你母亲对我谈起你的性格。她告诉我你有两大毛病：虚荣以及——用你母亲的话说——"彻底错误的金钱观"。我清楚地记得当时我听了这话后是如何大笑的。我毫无预见之能，根本想不到你的第一个弱点将会让我坐牢，第二个会使我破产。我觉得虚荣对于年轻人来说是一种可佩戴的优雅之花；至于奢华——因为我想你母亲指的仅仅是奢华，谨慎节俭的美德也不符合我本人的天性气质或家世门第。但我们的友谊发展不到一个月时，我开始体会到你母亲话语的真正意味，体会到你对挥霍无度生活的执着和对金钱的无度索求：你声称不管我是否和你一起，你所有的享乐开销必须由我支付。因此，一段时间之后，我就陷入了严重的财务危机。随着你对我生活的控制欲越来越强，我越来越无法忍受你那单调的趣味——几乎所有的钱都花在与吃喝相关的活动上。餐桌上偶尔摆放红酒玫瑰是赏心悦目的，但是你的所作所为超过了品味和节制方面的限度。你的索求没有雅趣，你的接受不带感恩。你开始认为你有权利靠我提供花销度日，并且以一种你从未习惯的奢侈方式寻欢作乐。正由于这样的想法，你的胃口变得越来越大，以致最后在阿尔及尔的赌场一输了钱，第二天早上你就会给我发份电报，让我在伦敦将相应的钱打入你的银行户头，然后你再也不去理会这类事，一切就像从未发生过。

如果我告诉你从一八九二年秋至我入狱为止我和你的花费，你将对自己热衷的生活方式有所了解。我花在你身上的钱和与你一起花的钱加起来超过五千英镑，这还不包括我自己的账单，你认为我是在夸大其词吗？我与你在伦敦度过普通一天的一般花费如下：中餐、正餐、晚餐、娱乐、马车及其他，十二镑至二十镑不等，按这样计算一周的花费自然就是八十镑至一百三十镑。我们在戈林三个月的开销（当然包括房租）就达一千三百四十镑。我必须和破产财产管理人一笔笔确认生活中的每一款项，这真是让人感到糟透了。当然，"朴素的生活和高贵的思想"是那时的你无法理解的理想，但如此奢侈对你我都是耻辱。我记忆中最愉快的一次就餐是和罗比在索霍区的一家小咖啡馆进行的，我们花费的"先令"数额和与你就餐所花费的"英镑"数额相等。三法郎五十分的套菜就囊括了谈论的思想、名称以及优雅的款待、氛围。和你一起花天酒地后却一无所剩，只留下吃喝无度的记忆。我对你的一味迁就也对你有害，这你现在也知道了。它时常令你贪得无厌——时常不止是一点肆无忌惮，而是完全的粗野无礼。太多时候招待你真是毫无乐趣和荣幸可言。你忘了与人相处时甜美雅致的风度——这里我就不说正式的感谢礼节了，因为正式礼仪会令亲密的友谊窒息——但是简单的与人相伴时的甜美雅致、愉快谈吐的魅力，即希腊人所称的"愉快的谈话"，以及所有那些让生活变得可爱温和的人性光芒是不可或缺的，它们对生活的陪衬，就像音乐能让沉默的蛮荒之地回荡着温柔和谐的旋律一样。虽然你可能会大感怪异，我落魄至此，竟还能分辨出一种耻辱和另一种耻辱的区别，但我仍然要坦白地承认，将这些金钱愚蠢地花到你身上，并让你将我的财产挥霍到对你我都造成伤害的程度，在我看来，如此种种是导致我破产的原因和我放荡荒淫的标志——这令我感到双倍的羞辱。我不是为这些丑事而生的，我志在他处。

但我最为自责的，是允许你将我带入彻底的道德堕落。性格的基础是意志力，而我的意志力完全屈从了你。这听上去怪异，但确实是真的。那些持续不断发生的作乐场景对你几乎成了生理上的需要，身陷其中的你身心扭曲，成为一个令人不忍卒视、不忍卒听的可怕之物：那种遗传自你父亲的可怕的躁狂症、热衷于挥写令人生厌的恶心信件的癖好。你会长时间一言不发，任由愠怒情绪蔓延，同时又会突然癫痫式地狂怒，由此可见你完全没有控制自我情绪的能力。我所有这些话都能在写给你的一封信中找到，信中不乏哀怜的恳求——如果当时的你能从信的措辞结构或言语表达上体悟到信中的哀怜请求的话。但是这封信被你丢在萨瓦或别的宾馆，又被你父亲的律师在法庭上用来出示指控我。我敢说，所有这些导致我最终屈从于你与日俱增的无度要求。这对我是致命的，你让人精疲力尽。这就是低劣人性对高贵人性的胜利，或是弱者成为暴君主宰强者的事例，在我的一部剧作中，我称这样的暴君为"唯一能长久盘踞其位的暴君"。

不可避免的是，生活中与他人建立的每一种关系都需要找到某种"相处方式"[1]。和你相处，一个人或者将自己放弃，或者放弃你，

1.原文为法语，moyen de vivre。

除此之外别无选择。出于对你错掷的挚爱，出于对你性格缺陷深深的怜悯，出于我自己出了名的随和和凯尔特式的慵懒，出于一名艺术家对粗俗场景和丑陋言语本能的厌恶，出于我那时本性中无力承受"愤恨"这种情绪，出于不喜见到因我认为的那些琐屑之事令生活变得黯然失色、丑陋不堪——我的眼睛关注的是别的事情，这些琐屑之事激不起我片刻的兴趣——出于以上种种听起来非常简单的理由，我总是向你让步。让步的结果自然是你不断得寸进尺，你越来越无理地榨取我。你最卑劣的动机、最低俗的欲望、最庸常的激情，成为你指导别人生活的律法，并且如有需要，你将毫无顾忌地要求他人在生活上做出牺牲。你知道通过大吵大闹总能如愿以偿，很自然，你几乎是无意识地将每一种粗暴行径推向极致，对这一点我毫不怀疑。最终，你都不知道自己忙碌的目标是什么，或者是冲着何种目标而活。在成功攫取了我的天赋、意志力和财富之后，你继续盲目地以一种从不衰竭的欲火和贪婪占有我全部的生命。你得到它了——就在我一生最为危险悲惨的时刻，就在我开始采取蹩脚荒唐的行动之前。一方面，你父亲在我的俱乐部留下可憎的卡片对我大加鞭挞，另一方面你以同样可憎的信件向我发起攻击。那天早上你写给我的信，是你出于最可耻的动机而写得最糟糕的一封信。那天早上我让你带我去治安法庭，向法庭申请对你父亲荒谬的逮捕令。裹挟在你们两位之间让我失去了头脑，我的判断力弃我而去，恐惧取而代之。坦率地说，面对你们两位我无处逃生，犹如一头瞎眼的公牛跌跌撞

12

撞地闯进了屠宰场。我犯了一个巨大的心理错误：一直以为在小事上对你让步无关紧要，待到重大时刻到来时，我会重新行使卓越的意志力。然而现实并非如此，到了重大时刻，我却彻底丧失了意志力。生活其实没有大事小事之分，所有事物都有着相同的价值。我对你事事迁就的习惯不知不觉已成为自己性情中真实的一部分，它将我的性情浇铸为一种永久性的致命情绪，而我自己对此却一无所知。这就是佩特[1]在其散文集第一版的跋中措辞微妙地说的"形成习惯就注定失败"的应有之意。佩特当初说这话时，迟钝的牛津人以为他只是故意颠覆亚里士多德《伦理学》中多少有些乏味的论述，殊不知此话隐含了一种奇妙但可怕的真理。我任由你吸干了我的元气，我可以见证，一种习惯的形成带来的不仅仅是失败而且还有毁灭。你在道德上对我的毁灭远胜于你在艺术上对我造成的破坏。

逮捕令一旦发出，你的意志自然指挥一切。我本应留在伦敦征询有识之士的良言，冷静地思考自己身处的可恶陷阱——直到今天你父亲仍称之为诱饵圈套——你却死缠着要我带你去蒙特卡洛，去那个世界上最龌龊恶心的地方。然后，只要赌场开门，你就整日整夜在里面狂赌。而我被独自撂在外面，因为我对巴卡拉纸牌戏毫无兴趣。你拒绝花哪怕五分钟与我讨论你和你父亲将我带入的不堪之境，我在蒙城唯一的工作就是替你支付旅馆费和赌债。稍许提及我

---

1. 佩特（Walter Horatio Peter，1839—1894），英国文艺评论家、散文作家，主张"为艺术而艺术"。

即将面临的严酷煎熬，你便感到不耐烦，它远不及别人向你推荐的新款香槟能提起你的兴趣……

返回伦敦后，一些真正关心我的朋友善意提醒我去海外避险，不要去打一场不可能赢的官司。你却说这些好友的善言动机龌龊，若我听从，我就是一名懦夫。你逼我厚着脸皮将官司进行到底——如果可能的话，让我深陷于你愚蠢荒诞的伪证之中。结果我被捕入狱，而你父亲成为一时的英雄。着实奇怪，成为一时英雄的不仅仅是你父亲，你的整个家族现在都跃居万古流芳之列。这或许可以说是历史的吊诡之处，是历史中的哥特因素产生的怪诞效果。这使得克利俄[1]成为众缪斯中最轻佻的一位，而你的父亲将永远成为主日学校文学中善良纯洁父母的原型，你会与婴儿撒母耳[2]为邻，而我将会深陷在地狱最底部的泥潭中，我的左边是吉尔斯·德·雷[3]，右边是马奎斯·德·萨德。

当然，我本应摆脱你的，我本应将你甩掉，就像抖落粘在衣服上的叮人的东西一样。埃斯库罗斯讲过这样一则精彩的故事，说的是一位伟大的君王将一头幼狮抚养长大，他爱这头幼狮，因为他每次叫它，小家伙就扑闪着一对亮眼走到他跟前，摇尾示好，讨要食物。随着小狮子的长大，它族类的天然本性流露出来了，最终毁灭了主

---

1. 克利俄，希腊神话中司管历史的缪斯。
2. 撒母耳，《圣经》故事中的人物，少年时就能以神的事为重。
3. 吉尔斯·德·雷（1404—1440），百年战争期间的法国元帅，曾残害多名儿童，后被处以火刑。

人、他的房子和他的一切财产。我感觉我的遭遇就如那位主人，但我的过错不在于我没离开你，而是离开你太频繁。我还记得， 我通常是每隔三个月就有规律地与你断交一次，而每次断交之后，你都想方设法乞求我，发电报或者写信，通过你我朋友的规劝和其他类似的做法来诱导我允许你回来。一八九三年三月底，当你走出我在托奎的房子时，我就下定决心永不和你说话，无论如何也不允许你回到我身边。在你离开的前一天晚上，你大吵大闹，实在是令人恶心。但随后你从布里斯托尔又是写信，又是发电报，哀求我原谅并让你回来。你留在这里的那位家庭教师告诉我，在他看来，你的言行举止有时是相当不负责的，并且大多曼格德拉的市民——虽然不是所有市民——也持相同意见。我同意与你见面，当然又原谅了你。在去市中心的路上，你又哀求我带你去萨瓦。那一趟对我是真正的致命之旅。

三个月后的六月，我们到了戈林。你在牛津的几位朋友过来从周六住到周一。他们离开的那天早上，你又狂耍脾气，可怕又可悲。随后我告诉你我们必须分开。我清楚地记得当时我们站在平整的槌球场上，四周是漂亮的草坪。我向你指出，我们正在毁灭彼此的生活，你正将我彻头彻尾地拖垮，而我显然也无法带给你真正的快乐，我们两人必须彻底分离，永不相见，这对双方都不失为明智之举。午饭后你满腹愠怒地走了，让管家在你离开后将一封言辞极为粗鲁无礼的信件转交给我。然而三天不到，你故伎重演，从伦敦发来电报乞求我原谅，想与我重归于好。在这之前，为了使你高兴，我租下这一寓所；为了满足你的要求，我雇用了你的仆人。现在，看到你成为你自己恶劣脾气的牺牲品，我心如刀割。我喜欢你，于是同意你回来并原谅了你。又过了三个月，即同年九月，你又失控发作了，起因是你尝试翻译我的《莎乐美》剧本，我指出了你译文中一些学龄孩童级别的错误。想必你现在肯定是一位相当了得的法文学者了吧，你肯定也知道自己当年的译本非常差劲，与当时自己普通牛津学生的身份很不般配，更达不到原著的水平。当然，当年的你是不知道这点的，并且在一份措辞暴烈的信中，声称对我"没有任何智识上的义务"。记得当时读到这句话，我感到这是我们整个交往过程中你写给我的唯一一句真话。我发现你更适合于一种文化层次较低的友谊，我这样说只是出于友人的坦诚，不带半点责备意味。所有伙伴关系的维系纽带，不管是婚姻还是友谊，最终都归于对话，而对话必须要有一个共同的基础。在两个文化差异悬殊的人之间，共同基础只可能是最低级的。思想与行动中的每一个琐细之处都是迷人的，我将之视为蕴含在戏剧和悖论中璀璨智慧的底色。但是你我生活的浮华愚蠢令我倍感厌倦乏味，"阴沟泥潭"是我们相处的唯一去处。尽管有时你谈论的话题很迷人，的确迷人，但最后它们仍在你一遍遍的重复下变得单调无趣。我常感厌倦，犹如行尸走肉，但又无奈地接受，正如我要接受你对听杂耍剧场的狂热，或是你在吃喝方面荒唐的穷奢极欲，或是在我看来你的任何毫无吸引力的性格特征那样。一个人除了苦苦忍受，别无他法。这就是认识你必须付出的高昂代价的一部分。离开戈林后我去了迪纳德，住了两周。我没带上你，对此你又勃然大怒。在我离开戈林之前，你在阿尔贝马勒旅馆为此事又大吵大闹，弄得彼此都很不愉快，然后你又往我将要住上几天的乡村寓所发了几封同样令人不悦的电报。我记得我告诉过你，你有责任和你自己的朋友共度一段时日，因为你整个社交季都不在他们身边。但实际上，和你坦白地说吧，我无论如何不能再让你和我搅在一起了。我们在一起已经近十二个星期了，你的如影相随令我备受折磨且不堪重负，我需要离开你得到休息和自由。我必须要独处一阵，从我的精神状态来看这也是必需的。怀着这样的想法，我承认我从刚才引用过的那封信里，看到了不留怨恨地结束你我之间这段致命友情的极好机会。正如那个阳光灿烂的六月清晨我在戈林试图要做的那样，那是三个月前的事了。然而有人告知我——我必须坦率地承认是我的一位朋友告诉我的，你落难那会儿还向他求助过——如果将你的译作像小学生的练习题一样返还给你，你会大受伤害，甚至可能会蒙羞受辱。他还说我对你的思想水准期望过高，并且不管你写什么或做什么，你对我完全是忠心耿耿。在你的文学起步阶段，我不想第一个站出来阻拦你或打压你。我很清楚，除了诗人之外，任何人都无法通过翻译充分表达我作品的色彩和韵律。我一直都把奉献当作一种不应轻易丢弃的美德。出于这种考虑，我将你和你的译作一起收下。恰好三个月之后，你我之间一连串的闹腾终于以非同寻常、令人作呕的场景告终。一个周一的傍晚，你和你的两位朋友来到我的住处。为了逃离你，我第二天早上就飞往国外，还给家人留下了一个荒唐的理由来解释我的突然离去；并且为了避免你乘下一趟火车追来，我给我的仆人留下了一个假地址。记得那天下午，坐在呼啸着驶向巴黎的列车车厢里，我恍惚如梦，想我王尔德这样一位享誉世界的人物，竟然会深陷这样一种可怕的、完全错误的、不可想象的生活状态之中。为了尽力摆脱一段会完全毁灭我身上一切美好品性——无论是思想方面还是道义方面——的友谊，我实际上是被迫逃离英格兰的。看，我正在逃离的那个与我纠缠不清的人，不是凭空从阴沟或沼泽地带一跃而起进入现代生活的怪物，而正是你——一位社会阶层与我相当的年轻人，和我一样毕业于牛津大学的同所学院，并且是我家里的常客。与往常一样，充满恳求和悔意的电报接踵而至，我未理睬它们。你发来最后通牒：若我不和你见面，你将绝不去埃及。你清楚并且也同意，我曾请求你母亲送你离开英格兰去埃及，因为伦敦正在毁灭你的生活。我知道若你真的不去，对你母亲将是一个沉重的打击。为了她，我又与你见面了。你一定还记得，我当时是带着怎样强烈的情感原谅了你的过去，尽管对于未来的安排我片语未提。

　　记得回到伦敦的第二天，我坐在自己房间里，严肃且不无忧伤地努力思考：你是否真如我所见的那样满身遍布可怕的缺陷？是否你带给自身和他人的全是一种毁灭的力量？是否人们与你接近甚至只是相识都会陷入致命的厄运？整个星期我都在思考这些问题，也不时疑惑我对你的认识是不是公正无误。周末我收到你母亲的来信，信里充分表述我对你的每一种感觉。她在信中说你的虚荣心盲目膨胀，甚至到了蔑视自己家人的地步，竟然说自己哥哥——那位坦率的人——"像个庸人"；你暴烈的脾气令你母亲怯于谈及你的生活，尽管她知道而且也能感觉得到你目前正在过一种什么样的生活；你处理钱财的行为、你的堕落和日常所起的变化更是令她忧心忡忡。当然，她清楚你背负了"遗传"这一可怕的负担，她心存恐惧，但坦率地承认这一点。她这样写道："他是我孩子中继承了道格拉斯家致命气质的一个。"信末她声称有必要说明，她认为你和我的友情交往加剧了你的虚荣行径，成了你所有错误的源头。你母亲恳请我不要在国外见你。我马上给她写了回信，告诉她我完全同意她信中说的每一个字，此外我还说了更多的内容。我尽我所能告诉她：你和我的友谊开始于你在牛津读本科的时候，你遇到了一个非常特别和严重的困难，于是过来找我帮助。我告诉她你的生活一直处于类似的困境中，并无多大改观。你将去比利时的原因归咎于你的旅伴，你的母亲责怪我不该将那人介绍给你。我向她说明情况，认为真正要承担责任的不是别人，正是你自己。在回信的最后，我向你母亲保证我没有一丝要在国外见你的打算，并请求她尽可能把你留在那里，如果有可能就让你去担任名誉使馆专员，如不可能，就去学现代语言，或做她能决定的任何其他选择，至少留个两三年，这样对你对我都有好处。

在这期间，你从埃及不断给我写信。我读了那些信件，然后将它们撕毁，一概不予回应。我终于恢复平静，不想再和你有什么瓜葛了。我已下定决心，并且很高兴终于又能投身到曾允许你打断了的艺术探寻中去了。过了三个月，意想不到的是，你母亲又亲自给我写信了。你母亲性格的不幸在于她薄弱的意志力，它对我的悲剧人生的致命打击绝不亚于你父亲的暴烈性格。毫无疑问，你母亲的这封信自然是在你的挑动怂恿下写的。她在信中告诉我，你没有我的音信焦虑万分。为了不让我找借口不和你联系，她随信告诉我你在雅典的地址，这个地址我自然早就知道了。我承认这封信令我极为震惊。我不明白，在我那样回复了她十二月写的那封信之后，她怎么还会想方设法修复我与你不幸的友谊。当然，我告知你母亲来信已收到，我再一次催促她试着将你安排进某个驻外大使馆，这样就能阻止你返回英国。但我没有给你写信，并一如既往地对你的信件漠然视之。不料最后你居然给我的妻子发电报，央求她对我施加影响，让我给你写信。我们的交往一直以来是我妻子的心头大患，不仅仅因为她个人从未喜欢过你，而且也因为她看到与你持续交往如何改变了我——不是往好的方面改变。但如同她一直以来对你亲切和蔼、盛情有加一样，她也不允许我背上一个不善待朋友的骂名。她认为，也非常清楚，这么做不符合我的性格。在我妻子的请求下我确实又和你联系了。至今我还清楚地记得我回给你的那份电报中的每一个字。我说时间会愈合每一处伤口，但在接下来的长久岁月里，我既不会给你写信，也不会与你见面。你立刻动身赶来巴黎，沿途不断地给我发来热情激荡的电报，央求我无论如何要见你一面。我拒绝了。你于周六深夜抵达巴黎，但之前我已在你下榻的旅店留下一封短信声明我不会见你。第二天早上，我在泰特街收到你一封长达十页或十一页的电报。你在电报中说，无论你过去对我做过什么，你难以相信我会决然拒绝见你。你提醒我，为了见我一面，哪怕是见上一小时，你在过去六天里昼夜兼程、马不停蹄地横跨欧洲，路上没有片刻停留。我必须承认，你的恸哭哀求确确实实打动了我，信的结尾处你威胁说要自杀，而且你说那话不是遮遮掩掩的。你曾多次告诉过我你的家族中有多少人的双手是被自己的鲜血玷污的：你的叔叔肯定是，你的爷爷可能是，其中还有许多其他的亲人也是以同样的方式结束生命的。你在我的心头激起怜悯；我对你曾有过的爱意；对你母亲的顾虑——在这样一种极端的情形中，你的死对她将是无法承受的打击；还有一种恐惧——想到如此年轻的生命，尽管有种种丑行劣迹，仍不失与生俱来的美丽和希望，却以这样恶心恐怖的方式枯萎；还有单纯出于人性本身的考虑：以上所有这些就是我最终同意让你与我见上最后一面的理由。我抵达巴黎后，你不时痛哭流涕。我们先在沃瓦萨进晚餐，然后在帕亚德吃夜宵，整个过程，你时时泣不成声，双颊热泪长流。你毫不掩饰见到我的喜悦，一有机会就紧握我的手，像个知错悔过的孩子，你的忏悔在那一刻是如此单纯真诚，使得我最终同意和你重建友谊。两天以后我们一起回到伦敦，你父亲看见你和我在皇家咖啡厅共进午餐，便过来加入我们这一桌，喝了我的葡萄酒。随后那天下午，你父亲在给你的一封信中开始对我进行第一次人身攻击……

　　这听起来可能有些奇怪，但与你分开的责任——我不是说机会——又一次紧紧攫住了我。我几乎没有必要提醒你我指的是一八九四年十月十日至十三日那三天你在布莱顿对我的所作所为。对现在的你来说，回忆三年前的事是太久远了，但对于我们这些生活在监狱中，除了痛苦一无所有的人来说，痛苦的悸动和对苦怨时刻的记录是我们计量时间的暑度。除此之外，我们别无他念。苦难是我们生存的方式，这点在你听起来可能有些不可思议，但苦难是我们感知生存的唯一方法，对过去苦难的追忆是我们狱中囚犯生活的必需，它可担保并证明我们获得身份的延续。现在的我和已逝的快乐时光相隔邈远，正如现在的我和现存的快乐诸事也已几近绝缘。如果你我在一起的生活真如世人臆想的那样充满了享受愉悦、挥霍放荡和笑语欢声，而我却想不起和你在一起的时光中有过片刻是这样的形态，那是因为充斥那段时日的是悲哀、苦涩和种种不祥之兆，以及伴随单调场景和失礼的暴力冲突而来的无趣乏味和抑郁恐惧。我能看到每一个孤立事件中这些不幸的细节，听到其中的微音，其他方面我确实很少能看到和听到了。监狱的人生活得如此痛苦，我与你的友情——维系那种"友情"的方式迫使我记住了它——就像一支序曲，与我每日要经受的各种形式的痛苦音声相和。这些痛苦我每天都能意识到，不仅如此，它们还成了我的必需品。不管我自己和别人如何看待我的生活，它好像变成了一部真正的悲怆交响乐，通过节奏连接各个乐章的发展，最终达成某一决定性的和声——每一伟大的艺术主题无一例外都有这样的特征。

我刚才讲到三年前那三天里你对我的所作所为，是吗？我独自一人在沃思林创作我的最后一部戏剧，试图将其完成。你来我这里已两趟了，第三次突然又带了你的一位同伴出现，提议让他住在我家，我断然拒绝（你现在必须坦率承认我当时拒绝了你）。我款待你们是当然的，在此事中我别无选择，但款待你们是在别处，而不是在我自己家里。第二天是星期一，你的同伴回去上班了，你留下和我待着。你对沃思林大感厌烦，对我试图集中精力创作剧本更为不满，坚持要我带你去布莱顿大酒店；而尽管当时我的精力集中不起来，但创作剧本是唯一能真正令我感兴趣的。到达布莱顿的当晚你病倒了，发起了可怕的低烧，人们愚蠢地称之为流感。如果这不是第三次，也是你第二次遭遇流感了。现在我用不着提醒你当时我是如何伺候照顾你的，不仅给你买来水果、鲜花、礼物、书籍和其他能用金钱购置的东西，而且还有金钱无法购置的我的关怀、体贴和仁爱——不管你怎么选择措辞——精心照料你。除了早上一个小时的散步，下午一个小时的驾车行，我寸步不离旅馆。我从伦敦给你买来了特种葡萄，因为你不喜欢旅馆提供的水果；我想方设法取悦你，留在你旁边或你隔壁的房间，每个晚上都和你相对而坐，逗你开心，让你平静。

四五天之后，你病愈了，我为了完成剧本选择了一处寄宿公寓。你，毫无疑问，又和我在一起。安顿下来的第二天早上，我感到自己病得厉害。你有事要去伦敦，但答应我当天下午回来。在伦敦你遇见了一位朋友，结果到第二天很晚才回布莱顿。在这期间，我一直高烧不退，医生诊断我从你那里染上了流感。对于一个病人，没有比寄宿公寓更不适合居住的地方了。我的起居室在一楼而卧室却在三楼，身边没有一个仆人，甚至连送口信的人都没有，也没有人去买医生开出的处方药。但有你在那里，我并不感到惊慌。然而接下来的两天，你完全置我于不顾，从未对我表示关心，也没照顾过我，甚至没有任何些许的表示。我并不奢求你为我买诸如葡萄、鲜花和迷人礼物之类的东西，仅仅希望能有人为我提供生活必需品。我甚至连医生给我订的牛奶都取不到，想喝口柠檬水都不可能。当我请求你到书店为我取本书，或者如果没有我订的书也可选择别的书时，你连书店的门都懒得踏入。结果，当我整天没有任何书籍可读时，你若无其事地说那本书已经买好，书店会随后送来。直到事后一次偶然的机会，我才发现你编造了一则彻头彻尾的谎言。当然在整个事态期间，你生活的一切开销，包括交通费用和在大饭店吃饭的费用，花的都是我的钱，事实上你在我房间出现只是为了钱。周六你从早上开始整天在外，我一直是孤身一人留在寄宿处无人照顾。我让你晚饭后回来陪我坐一会儿，你以粗野的方式怒气冲冲地答应我回来，但一直到晚上十一点还不见你人影。我只好在你房间留下一张便条，提醒你是如何"兑现"曾对我许下的诺言的。凌晨三点，我无法入睡，口干舌燥，在寒冷和黑暗中摸索着走到楼下起居室，希望找些水喝。我发现你居然就在起居室！你一看到我，就以令人惊骇的污言秽语劈头盖脸地对我破口大骂，完全像一个毫无教养、毫无自律的放纵的野人。在狂妄自私的魔力驱动下，你的懊悔陡然变为狂怒。你指责我在生病的时候希望你陪护是一种自私自利的行为，我妨碍了你的消遣，剥夺了你享受快乐的权利。你告诉我——我也知道你确实如此——你午夜回来只是为了换一套礼服，你还要去那些你希望有更多新乐趣迎候你的地方。但是当我用留在你房间的便条提醒你已经一昼夜没照顾过我的时候，我其实已经剥夺了你对更多乐事的渴望，削弱了你获得更多新鲜乐趣的能力。你的话令人满心厌恶，我转身上楼，一夜未眠。天大亮后我才找到些喝的，缓解了高烧引起的口干。上午十一点，你走进我的房间。从先前的情景已经可以看出，不管怎样我的信至少已制止了你一个晚上过度的贪欢，早上你已基本恢复常态。我很自然地期待你开始自我辩白，开始乞求我的原谅。你内心知道不管你做了什么，始终不变地迎候你的总是我的宽容和谅解。你绝对信任我会始终不渝地原谅你，这一点一直是你让我最喜欢的品质，或许也是你身上唯一值得喜欢的了。但我完全想错了。你开始又一次重复头天夜里的疯狂秽语，暴烈程度比起昨夜有过之而无不及。我最终对你下了逐客令，你似乎照办了，但当我把头从深埋的枕头中抬起时，看到你仍站在那儿。你粗野地大笑，带着歇斯底里般的狂怒突然朝我走来。我突然感到一种说不出的恐惧，马上起身跳下床，赤脚跑下两层楼梯，逃到一楼的起居室。我在那儿一直待到我打电话叫房东过来，房东向我确认你已离开我的卧室，并答应我紧急情况下他会随叫随到。又过了一小时——这期间医生来过，看到我的精神处于一种高度紧张的虚脱状态，并且比原来烧得更厉害了——你一言不发地回来向我要钱，然后把梳妆台和壁炉架上能找着的钱都拿走了，拉起你的行李离开了房子。我是否需要告诉你在随后孤独悲惨的两天里，拖着病体的我对你的看法？我是否有必要声明我已清楚地意识到，凭你的如此表现，哪怕是泛泛之交，继续和你交往对我都会是一个耻辱？我是否需要声明自己已认识到最终的时刻终于来临，并且也认识到这次是真正的解脱？我是否需要告诉你，我终于知道未来的艺术和生活将有无限可能会变得更自由，更良善，更美好？虽然我仍然疾病缠身，内心却感到一种久违的轻松自如，要分手的定局让我总算得到了安宁。到周二我的高烧终于退去，我第一次能下楼吃饭。周三是我的生日，在众多的祝福电报和信件中有你的一封亲笔信。我心情沉重地打开它，心想那种靠华丽辞藻、温情爱意、痛苦忧伤来打动我与你重归于好的日子终于一去不复返了。但是我完全错了，我低估你了。你给我的生日贺信居然是你精心设计的前两天场景的重演，心怀鬼胎的整封信白纸黑字地呈现在我眼前！你用平庸的俏皮话嘲弄我，说在整个事件中你的一大快感就是住上格兰德酒店，回城前还能将午餐费用记在我的账上。你对我突然跳离病榻逃到一楼所表现的谨慎表示祝贺。

"那对你是丑陋的一刻，"你说，"比你能想到的还要丑陋。"哈！很遗憾，我对此深有体会。你当时的举动到底真正意味着什么我无从知晓，不知你是否随身携带了专门买来吓唬你父亲的手枪？因为曾经在一家餐馆，你以为手枪没有上膛，居然开枪射击，而当时我就在你旁边。或者当时你的手是否正移向刚好放在你我之间餐桌上的一把餐刀？抑或当时盛怒之下的你已忘了自己矮小的身材和孱弱的气力，看到我卧躺病榻，你想要实施某种特别的人身侮辱和攻击？所有这些我都不得而知。我所能知道的是当时我感到一种全然的恐惧，并且我感到，如果我不马上离开房间，你可能已做了，或尝试着要做令你一辈子都会感到耻辱的事情。在这之前，我平生只经历过一次对人类的类似的恐惧。那次是在位于泰特街我的书房里，你的父亲在癫狂的暴怒中挥舞着一双小手，带着他的一帮打手，或曰他的一帮朋友，站在你我之间，愤怒地喊着他肮脏的大脑所能想到的每一个肮脏的字眼，叫嚣着日后他以如此狡猾的手段——实施的那些令人憎恶的恐吓和威胁。当然，在那起事件中，你父亲是先离开房间的人，是我把他赶走的；而在你这件事情中，我成了先离开房间的那位。这也不是第一次我不得不将你从你自找的麻烦中解救出来……

你在我生日那天来信的最后说道："当你走下受众人膜拜的神坛时，你是一个索然无趣的人。下一次你若再生病，我会立刻离开你。"啊！这表明你是多么粗鲁卑劣！你完全是一个缺乏想象力的人！你此时已蜕变得多么冷酷平庸！"当你走下受众人膜拜的神坛时，你是一个索然无趣的人。下一次你若再生病，我会立刻离开你。"当我被迫辗转于各个监狱时，当我身处孤独悲凉的囚室中时，这句话曾多少次在我脑海中萦回闪现。我一遍遍默念这句话，从而知道是什么促使你古怪地保持沉默——我希望我这样说你是不公平的。我由于照料生病的你而致使自己也染上同样的病，而你却在我被高烧病痛折磨的时候给我写了这样一封粗鄙下作的信，真让人感到恶心！这个世界居然有人给别人寄这样一封信，这应是个不可原谅的罪孽——如果这不是罪孽的话，其他还有什么可算作是罪孽呢……

　　我承认，当读完你的信时，我感到自己几乎被玷污了，我居然与这样品性的人交往，仿佛已让我的生命不可挽回地蒙垢受辱。确实，我过去早已陷入深渊，但直到六个月后的今天我才充分意识到我的堕落和耻辱。恢复平静之后我决定于周五回到伦敦，面见乔治·刘易斯爵士，请他给你父亲写信，做如下声明：我王尔德决定，不管发生什么情况，我都不允许你进入我的房子；不允许你和我用餐；不允许你和我说话，和我走路；无论何时何地都不允许你和我结伴共事。这样做之后，我本打算再给你写封信，告知你我采取行动的经过，这些行动的个中因由想必你本人已清楚。周四晚上这一切均已办妥，周五早上，我坐在餐桌旁，餐前随手拿起报纸翻阅，意外读到一封报道你哥哥身亡的电报。你哥哥——你们家族真正的家长，爵位的继承人，家族的顶梁柱——被意外发现毙命于一条壕沟里，身旁是他已熄火的手枪。整个悲剧令人惊愕恐惧，虽然现在知晓这是一起意外事故，但当时关于悲剧的起因笼罩在一层更为阴森的暗示里。一个被所有亲朋好友深爱的人就这样突然离去，况且恰恰在他即将成婚之时，着实令人扼腕悲痛。你的痛苦，或者说想必你会体验到的痛苦我感同身受，我也能想象得到你母亲痛失爱子的悲伤——你哥哥可是她生命的慰藉和快乐。你母亲曾亲口对我说，你哥哥从诞生之日起从没惹她伤心过，从没让她掉过一滴眼泪。当时我也感到你孤立无援，你的其他兄弟们都不在欧洲，你自然是你母亲和妹妹的唯一依靠，不仅仅是她们悲痛时分唯一的同伴，而且还要肩负紧随死神而来的种种令人沉痛悲伤的责任和治丧细节。只要想想构成这世界的泪泉和所有人间尘世的哀伤，我脑海里便充满了对你和你家庭的无限同情。我个人的伤痛和对你的怨恨已被置于脑后，我不能在你经历丧亲之痛时像你在我病痛时对我那样对你。我马上给你发电报表达我最深切的同情，并在随后的信件里邀请你在方便的时候到我家来，越快越好。我觉得在那样一个特殊的时刻，如果正式通过律师把你抛弃，那对你实在是太残酷了。

从事故现场回城的途中你马上来见我，穿着丧服的你泪眼婆娑，看上去非常甜美单纯，像一个无助的孩子在寻找帮助和慰藉。我的房子、我的家和我的心都向你敞开。我将你的哀伤也视作我的哀伤，这样你在承受痛苦时会有个依靠。你对我的那些做法，那些可恶的场景和那封可恶的信，我从未向你提起片言只语。比起从前，你现在不带任何伪饰的哀痛在我看来反而让你我更亲近了。我托你放在你哥哥坟前的鲜花不仅仅象征他美丽的生命，也象征隐藏在所有生命中的美丽，那份某日有可能重见天日的美丽……

众神是奇怪的，不仅仅我们的邪恶会成为神祇鞭打我们的工具，我们的良善、温柔、仁慈、深情也会被神祇用来毁灭我们。倘若不是因为对你和你家人的怜悯和爱意，我此刻也不会在这悲伤可怕之地啜泣了。

当然，我察觉到不仅仅是命运主宰着你我的关系，还有劫数。劫数踏着毁灭力量的步履总是那么迅疾，因为她嗜血成性。你来自这样一支父系血脉：它会让婚姻充满恐惧，让友情成为致命毒药，对家族成员自身或对他者的生命都会施以暴力伤害。在你我每一次微不足道的交往中；不管事大事小，在你每一次来我这里求欢或求助的时候；在一些看似与生命关系甚微的小事上，事件之微犹如光中起舞的浮尘或是风中飘落的树叶——在所有这些事里，毁灭总是如追捕猎物的影子紧紧跟在后面，又像一声凄厉嚎叫的回音。我们的友情始于你身陷一次骇人听闻事件时写给我的一封悲婉动人的求助信，那件事对于牛津的年轻人更是倍加可怕。我帮助了你。最终，由于你利用我的名号作为你向乔治·刘易斯爵士联系的引荐人，我失去了他这位交情长达十五年的朋友的尊敬和友谊。当我失去他的忠告、帮助和尊敬后，我也就失去了我生命中一个坚强的后盾。

为了得到我的赞许，你给我寄来一首不错的诗。对于一位大学生来说，它是一首佳作。我给你写了一封充满奇异文学比喻的回信：信中我把你比作海勒丝、海厄辛丝、琼奎尔、那喀索斯[1]，或其他受伟大诗神钟爱的少年。我的这封信类似莎士比亚十四行诗的一节，不过换成了不甚庄重的随意笔调。只有那些读过柏拉图的《会饮篇》的人，或是领会了希腊雕塑所传达的庄重内涵的人，方能读懂其中的深意。坦白地说，这是我在一种愉快甚至随性的心情下，提笔回写给任何一位将原创诗歌寄给我的、来自随便某所大学的雅士的回信。因为我确信，收信者已具备足够的才华和文化，能明白无误地解读信中通过文学比喻所传达的奇思妙想。但是看看这封信的历史吧！它从你手里转到了你的一位令人讨厌的同伴手中，又从他手里传到了一群敲诈勒索的人手中，它的多份复印件在我伦敦的朋友圈传阅，还传到正上演我的剧本的剧院经理手中。这封信引发了种种解读，但没有一个解读是符合我本意的。这封信让社会兴奋不已，谣言四起，说我因向你写了一封可耻的信而要赔付巨额罚金。这一说法也构成了你父亲恶毒攻击的基础：我在法庭上出示原件让大家看看这封信的究竟，你父亲的律师指控它有败坏纯洁道德的卑劣图谋，最终这封信也成了对我刑事指控的证据之一。起诉方也接受了

---

1. 这四人均为希腊神话中的美少年。

这一指控，法官根据道德而不是学识将它定为一项罪名。我最后因它被捕入狱。这就是给你写了一封妙趣横生的私信的结局。

当我们在索尔兹伯里时，你以前的一位同伴写信威胁你，这令你惊恐不已。你央求我帮你去见作者本人，我照办了。这事又给我带来了毁灭，我被迫将你所犯之事挑在双肩负起责任。当你未能获得学位，不得不离开牛津时，你从伦敦给我发来电报央求我过去陪你。我马上照办。你又让我带你去戈林，因为在当时情况下，你不想回家。在戈林，你看中了一座房子，我为你把它租了下来。这件事从任何一个角度看都又给我带来了毁灭。一天你来找我，央求我看在你个人的面子上，为牛津一份即将创刊的大学生杂志写点什么。杂志创刊人是你的一位朋友，而我从未听说过这个人，可以说对他一无所知。但为了让你开心——为了让你高兴，我什么事没做啊？——我将原打算寄给《周六评论》的一页有关悖论的稿件寄给他。几个月之后，我却由于这本杂志的性质站在老贝利[1]的被告席上，它也成了起诉方对我指控的一部分。我被要求为你朋友的散文和你的诗歌辩护。对于前者我无法遮掩它的卑陋，但对于后者，出于对你青春文学才华和你年轻生命极为痛苦的忠诚，我在法庭上做了强有力的辩护。我不愿接受将你贬为一位伤风败俗作者的指责。但因为你朋友的大学生杂志，和我对你"不敢命名的爱"，我仍然被投入大牢。

1.老贝利，英国中央刑事法院（Central Criminal Court）的俗称，因其所在的街道而得名，是伦敦最古老的法庭。

圣诞节的时候，我送了你一件礼物，用你在感谢信中所用的词来说，那是一件"非常漂亮的礼物"，我知道你对它心仪已久，它的价格至多在四十镑至五十镑之间。当我身陷灭顶之灾时，法警没收并卖掉了我的藏书，用来偿还这件"非常漂亮的礼物"的费用。就因为它，法令执行到我家里来了。当我遭到人们可怕的嘲笑，同时又受到你揶揄的刺激时，我决定对你父亲采取行动，申请将他逮捕，这令我陷入最终的困境，而能帮助我逃脱的最后一根稻草是那可怕的费用。我告诉我的律师——当时你也在场——我没有现金存款，根本没有可能支付那笔高得可怕的费用，也没有可供我支配的现钱。你也知道，我所说的都是真话。在那个残酷的星期五，如果当时能够离开艾文德尔酒店，我本可以快乐自由地去法国，远离你和你父亲，不受你父亲讨厌的卡片和你信件的折磨，也不用坐在汉弗莱的办公室里，无可奈何地接受自己已经破产这一事实。但是酒店人员绝对不允许我离开。你和我在酒店住了十天，让我倍感愤怒的是——你将会承认我的愤怒是有道理的——你居然最终发展到将你的一名同伴带过来和我同住。十天的费用高达一百四十镑。店主要我将账单结清了才能取走行李，这就是我滞留伦敦的原因。如果不是因为这笔酒店账单，我周四上午就可直接去巴黎了……

当我和律师说我无钱支付高额费用时，你马上插话了。你说你的家人将会非常乐意支付所有的必要花费。你说你父亲在全体家庭成员眼中就是个大魔头，你们经常讨论有无可能将他送入疯人院，这样他就不再妨碍谁了。你说你父亲几乎每天都让你母亲和其他家庭成员痛苦和生气，如果我能挺身而出将你父亲羁押起来，我就是你们家的英雄和恩人。你还说这样你母亲富有的亲戚们将会非常乐意支付由此引发的所有开销。律师马上同意了，我被匆忙推向治安法庭。我没有理由不去法庭，我是被迫卷入诉讼的。当然，你的家庭并没有支付费用，并且，当我被你的父亲逼至破产时，涉及的那笔费用——并非高昂的借贷总额——也就是区区七百镑左右。现在我的妻子正准备起诉离婚，因为我们就我一周的生活费到底是三镑还是三镑十先令这个严峻的问题争得不欢而散。当然，我的离婚诉讼需要另一套全新的证据和审议，还有可能需要更为严格的诉讼程序。相关细节我目前自然是一无所知，只知道提供给我妻子的律师们所依凭的证据的证人姓名。他恰恰是你读牛津时的仆人，你曾特别要求我们在戈林度夏时将其带上。

但是，我没有必要继续列举更多的事实来证明你在与我相关的无论大事小事上带给我的奇怪的厄运。我有时感到你自己也仅仅是受一只神秘无形的手操纵的玩偶，这只手带来种种可怕的事件，并将之推演成一个可怕的结局。但玩偶自有其激情。他们会把新的构思带入他们所要呈现的场景中，并会扭转无常人生的既定顺序来适应玩偶本身的怪念和欲望。我们每一时刻能意识的是在人类生活中的一个永恒悖论：人是完全自由的，但同时又完全受制于法则。我常想，这或许是对你本性的唯一解释——如果真存在某种对人类深邃可怕的心灵之谜的解释的话，这还不包括使这个谜变得更费解的解释。

你当然有你的幻想，确实也生活在幻想中，透过幻想那层飘忽游移的薄雾和五光十色的轻纱，你看到的世事也变了样。我记得非常清楚，你觉得舍弃自己的家和家人投靠于我，即是对我倍加赞赏、倾心爱慕的证明。这在你看来毫无疑问。但是请你回忆一下，你和我在一起的生活只是一场毫无节制的盛宴：奢侈品，高端生活方式，无止境的享乐，花钱如流水。你的家庭生活令你厌烦。套用你自己的话来说，"廉价的索尔兹伯里的冷酒"对你而言寡淡无味。跟在我身边，加上我的思想魅力，就如同一场埃及的奢华盛宴。当你找不到我时，你选择的那些临时替代伙伴实在是令人不敢恭维……

同样你会觉得，通过律师给父亲去函，表明自己宁可放弃他给你的一年二百五十镑的津贴——我相信那一年二百五十镑的零用钱是从你在牛津读书时的欠债中扣减后留下来的——也不会断绝你和我永恒的友谊，这种做法正体现了友谊中的骑士风度，达到了一种自我牺牲的高贵品质。但是你放弃微薄的津贴并不意味着你乐于舍弃哪怕一件多余的高端奢侈品，或是一次毫无必要的铺张浪费。相反，你对奢华生活方式的渴望前所未有地炽烈。我、你和你的意大利仆人三人在巴黎八天的开销是一百五十镑，仅是炙烤薄牛肉就花了八十五镑。以你想要的这种开销额度，就算你一日三餐仅自己一人吃，并在选择价位不高的娱乐方式时特别节俭，你一整年的全部

35

收入也难以维持三个星期。事实上，所谓放弃生活费只是你一场虚张声势的炫耀，这样，你最终有了一个貌似成立的理由，或者，这是你自认为站得住脚的理由：你生活的一切开销应由我支付。在很多情况下，你煞有介事地利用了你的权利，并且也最充分地表达了你的权利。你当然主要是花我的钱，但我知道，在一定程度上你也向你母亲要钱。你持续不断地花钱确实令人沮丧痛苦，因为不管怎么说，从来没有人花起我的钱来如此理直气壮，没有一句感谢，毫不懂得节制……

　　还有，你认为通过信件的恶言、电报的漫骂和明信片的侮辱对付你的父亲，是真正在为你的母亲而战，挺身而出成为你母亲的勇士，为她在婚姻中遭受的磨难和痛苦复仇。这只是你的一个幻想，而且是大错特错的幻想。一个儿子应尽的本分是成为母亲更好更乖的孩子，如果你真想为母亲所受的冤屈去报复你的父亲，就不要让她害怕和你谈一些严肃的事情，也不要把一些账单转给她去支付。你应该对母亲更温和体贴些，不要给她的生活带去悲伤和痛苦。你哥哥弗朗西斯是你母亲不幸遭遇的极大补偿，他短暂的生命给你母亲留下了多少甜蜜和美好。你本应将哥哥作为自己的榜样。你曾试图通过我将你父亲打入大牢，认为这样你母亲将会感到由衷的快乐——你连有这样的想法都是错的，别说你动手去做了。我敢肯定你彻头彻尾地错了。当一个女人的丈夫、她孩子的父亲穿上囚服被关进囚室，这个女人会怎么想呢？如果你想知道她真实的感受，写信问我的妻子，她会告诉你的……

我也生活在幻想的迷雾中。我以为生活是一幕灿烂的喜剧，你是众多雅士中的一员。但我发现生活是一场使人反感恶心的悲剧，并且大祸将临的凶兆——它的凶恶之处就在于它对目标的穷追不舍和它狭隘意志力的冥顽不灵——就是你本人！生活已经被剥去了愉悦快活的面具，你我一样被这个面具欺骗，走入歧途。

你现在能够理解一点我承受的苦难了吧，难道还不能吗？有一份报纸，我记得是《贝尔梅尔报》，在报道我的一个剧本彩排时，说你如同影子一样跟在我左右。是啊，对我们友谊的记忆也如同影子跟我到这里，似乎再也不离开。它在午夜时分将我惊醒，一遍遍地给我讲同一个故事，一直讲到黎明，它单调乏味的复述令我夜不成寐。而到了黎明它又开始了，跟着我到监狱的放风场，让我在放风的时候自言自语，强迫自己回忆每个可怕时刻伴随的每个细节。那些厄运当头的岁月里发生的一切没有一件不在我头脑中重现，我大脑中的那个区域已专门隔出来用以体味和重现悲伤与绝望：你尖细紧绷的每一个话音，你紧张双手的每一个抽动和手势，每一个苦涩的字，每一句怨毒的话都会重新回放。我会记起我们一起走过的街道和河堤，四周的围墙和林地，钟表指针指向的数字，微风羽翼消逝的方向，月亮的色泽和姿影。

我知道，你对你说的这一切都只有一个答案，那就是你爱我。在那两年半的时间里，命运把我们彼此分离的生命之线织进同一个红色的罪恶之网，其间你确实是爱我的，是的，这点我知道。不管你对我做了什么，我始终觉得在你的内心深处你是爱我的。尽管我也很清楚，我在艺术界的地位，我始终能激起他人兴趣的个性，我的万贯家财，我奢华的生活方式——伴随这一方式的成百上千种奇妙物件构成了我不可思议的、迷人神奇的生活——所有这一切都令你着迷，令你紧跟着我。然而除了这些之外，我对你还有某种奇异的吸引力，你爱我甚于爱其他一切人。但是如同我自己，你的生命也是一出可怕的悲剧，虽然你的悲剧与我的在性质上完全相反。你想知道它是什么吗？它就是你的性格中恨远大于爱。你对父亲的恨是如此之深，它完全超过甚至能推翻你对我的爱，这种恨使你对我的爱蒙受阴影。这两者之间没有斗争，或者几乎没有斗争。你的恨如此之深，它怪异地生长着。你认识不到同一个心灵是没有让这两种激情同时生长的空间的。在这座精雕细琢的美丽"房子"里，爱和恨是不能同生共存的。爱是靠想象力滋养的，想象力能让我们比我们所知的更聪慧，比我们所感的更美好，比我们本身更高贵。通过想象力，我们能完整地看见生活本身，也只有想象力能让我们像了解理想中的那样去了解现实状态下人和人建立的关系。唯有在本就美好又受人们美好的想象力咀嚼过的事物中才能滋养爱，但是恨却可受任何事物的滋养。那些年，你喝的香槟没有一杯不催生你的怨，你享用的大餐没有一顿不滋养你的恨。为了满足你的恨，你用我的生活做赌注，就像你从不计后果、漫不经心、肆无忌惮地以我的金钱做你的赌资。你认为，如果这场赌博你输了，损失的不是你；若你赢了，你知道，赢者的狂喜和收益将会是你的。

仇恨会蒙蔽人的双眼，这点你是不知道的。爱能读懂写在最遥远星星上的诗篇，恨却令人眼盲，除了你狭隘封闭、已被贪婪之火烤枯的欲望之园外，你一无所见。你严重缺乏想象力，这是你性格中一个真正致命的缺陷，而这完全是你内心的仇恨产生的结果。你的仇恨不断地噬咬着你的天性，就像是苔藓啃噬山毛柳的根，最后你眼中除了一些最粗劣的兴趣和最微小的目标外，别无他物。本应由爱培养的能力已被恨侵蚀毒害，陷于瘫痪。当你父亲首次攻击我时，他把自己当成你的密友并给你写了一封私密的信。当我读到那封充满了下流威胁和粗鄙暴力的密信时，我马上意识到一个可怕的灾难正向我苦难的岁月森然逼近。我告诉你我不会夹在你们这对有着宿怨旧仇的父子中间，成为你们彼此报复对方的工具。对于你父亲，身处伦敦的我比起在霍姆堡的外交大臣[1]自然是一个更大的攻击目标，把我放在这样的位置上哪怕是片刻都是不公平的。我生活中有更好的事情要去做，用不着和一个落魄愚笨的醉汉去大吵大闹。但你看不见这些，仇恨令你眼盲。你坚持你们的吵架与我无关，你不允许父亲对你的私人友谊发号施令，我如果出面干涉更是不公平。在你征求我对这个问题的意见之前，你已经给父亲寄去了一封愚蠢

1.指罗斯伯里伯爵，后成为英国首相。波西的哥哥弗朗西斯曾做过他的秘书，传言两人关系暧昧。

粗俗的电报作为你的回应。而这又把你卷入紧接着的、愚蠢粗俗的行径之中。生命中的那些致命错误并不是由于人缺乏理性——非理性的时刻可能是人最好的时刻，因为人的逻辑往往会引发某些致命的错误。这两者有很大的不同。那封电报决定了你和你父亲接下来的全部纠葛，以及我随后的整个生活。令人奇怪的是，这封电报的水准就连一个最普通的街头男孩看了都会感到羞愧。从唐突无礼的电报到自命不凡的律师信是一个自然的发展过程，你的律师写给你父亲信件的结果当然是进一步地刺激他，是你把你父亲逼入死角，让他作困兽斗。你将这事作为一件关乎荣誉或者不如说是可耻的事件逼他，这样你的上诉就有更大的效果了。确实，如你所愿，他第二次对我展开攻讦，不再是以你的私人朋友的身份写一封私人密信了，而是把我作为一个公众人物大肆攻击。我不得不把他从我房子里赶走。为了在整个世界面前侮辱我，你父亲一家接一家饭店地找我。他是如此张狂，如果我奋起还击，我会被摧毁，但如果我不还击，我也会被摧毁。在这样的情况下，你本应站出来为我说话，说你不会任人诋毁我摧残我，将我曝于可恨的攻击和无耻的指控之下。哪怕是为了你自己的缘故，难道你不该乐于立即采取行动，正式声明放弃你我的友情吗？ 我想，你现在能感觉到了吧。但当时你丝毫没有这样做的念头。仇恨蒙蔽了你的双眼。你所能想到的（当然除了继续给他写侮辱信件和电报之外），是去买了一把荒唐的手枪，后来手枪在伯克利当场走火，这在当时引起了更轰动的轩然大波，事件之严重甚至你自己也有所耳闻。实际上，你似乎乐见自己成为你父亲和像我这般有社会地位的人物之间激烈争吵的起因。因为，我自然地猜想，这样能让你的虚荣心得到满足，使你觉得自己是多么重要。你的父亲可能拥有你的肉体，这点我不感兴趣；你的灵魂属于我，这点他不感兴趣——这样的解决方式对你是痛苦的。你嗅到了一个哗众取宠的机会，就迫不及待地奔向它，你甚至感到高兴，因为你感到身处其间是安全的。你显得如此亢奋，我记不起在整个季节余下的时间你曾像那样兴奋过。你唯一失望的似乎是事实上什么也没发生，并且你我之间再没进一步的会面和吵闹。你通过不断给你父亲发电报来聊以自慰，以致到最后你父亲忍无可忍，写信言明他已下令让仆人再也不要接收你以任何借口发来的电报。但这吓不倒你。你看到了公开明信片的各种巨大机会，并且充分利用了这些机会，变本加厉地对你父亲紧逼不放。我并不认为你父亲会善罢甘休，他身上有着强烈的家族本能，他对你的恨和你对他的恨同样持久不化，于是我就成了你们双方的借口，既是你们的攻击对象又是你们的庇护之体。你父亲对于声名狼藉之事的热衷不仅是个人的痼癖而且是有家族传统的。并且，只要他这方面的兴趣减弱片刻，你的信件和明信片又会将那旧时的火焰迅速燃起。它们确有此功效！他自然继续反击。他在私人场合攻击过我的绅士身份，也在公开场合将我作为一位公众人物攻击。最后，他决定向我发起终极大反攻，毁我艺术家之名，地点就选在我的作品排演的地方。在我一部戏剧的首演之夜，他骗得了一个座位，然后策划了一个中断我作品演出的诡计，他要向观众发表关于我的肮脏演说，侮辱我的演员，在我谢幕时向我抛掷猥亵肮脏、带有攻击性的东西，完全想以某种荒谬可笑的方式通过我的作品毁灭我。纯属巧合，一次你父亲在烂醉瞬间意外吐露真相，在其他人面前吹嘘自己的意图。警察得知此事后将他阻挡在剧院外。那时你的时机来了，那就是你的机会。难道你不觉得你本应了解这点，站出来声明你无论如何不会允许他们因你的缘故毁我的艺术？你知道艺术对我意味着什么——它是我探求世界的主要方法，最初是探求我自己，然后是探求整个世界。艺术是我生命的真正激情所在，世界的其他爱与艺术之爱相比如同沼泽之水之于红酒，抑或是沼泽泥潭上的萤火虫之于如镜圆月之神光。难道你现在还不明白你性格中的致命弱点是因你想象力的匮乏吗？你眼前要做的其实非常简单，也非常清楚，但是仇恨蒙蔽了你的双眼，你什么也看不见。快九个月了，你父亲以最可耻的方式羞辱我，迫害我，我是不会向他道歉的。我也无法将你从我的生活中逐出，尽管我已试了一遍又一遍。为了逃离你，我甚至离开英格兰前往国外，但最终都是徒劳。你是唯一一个本可做点什么的人，整个事态的关键完全掌握在你自己手里。这本是一个极好的机会，能让你略微回报一点我曾给予你的爱恋、善意、慷慨和体贴。如果你能欣赏我作为一名艺术家哪怕十分之一的价值，你也会这样做的。但仇恨蒙蔽了你的眼睛。那种能"让我们像了解理想中的那样去了解现实状态下人和人建立的关系"的能力在你身上已经消亡，你只想着如何将你的父亲投入大牢。正如你经常说的，看到他站在被告席上是你的一个心愿。这个词成为你日常谈话的口头禅之一，几乎每顿饭你都会提到它。好了，你现在心满意足了吧，仇恨让你件件事都称心如意，它的确是一位对你百般溺爱的主子。确实，只要谁愿意追随它，它对谁都是这样。连续两天，你和法官们坐在高椅上，尽情欣赏了你父亲站在"中央刑事法院"被告席上的一幕，第三天我代替了你父亲。结果呢？在你们仇恨肮脏的游戏中，你们父子两位都为我的灵魂投骰子下赌注，而你碰巧输了。就是这样！

你看，我把你的生活写给你看，你不得不正视它。你我已经认识四年多了，其中有一半的时间我们是在一起的，另外一半因为我们的友谊我要在狱中度过。我不知道当你收到这封信时——如果你真能收到的话——你在哪里？罗马，那不勒斯，巴黎，威尼斯，或者我可以断定，你一定在某个临海或沿河的美丽城市。包围你的，如果不是你和我在一起时那些无用的奢侈品，至少也是种种好看、好听、好吃的物品。生活对你来说是可爱的。然而，如果你果真聪明，并且希望能以不同的方式发现更加可爱的生活，请你将阅读这封可怕的信——我知道对你来说这封信是可怕的——作为你生命的一个重要的危机时刻，同时也作为重要的转折点，正如我将写作这封信视作我生命的重大危机和转折点一样。你苍白的脸经常会因为喝酒或兴奋而泛起红晕，当你读到这封信的内容时，如果你因为羞耻而不时感到双颊如同被炉火灼炙，那对你更好。最高层次的邪恶是肤浅。不管什么，能被认识到的总是好的。

现在我已经说到我的羁押处了，不是吗？在警察局的牢房过了一夜后，我被囚车运到这里。你当时非常关心我，对我也很好。在出国前的几乎每个下午——如果不是每天下午的话——你都不辞辛苦地开车到霍勒维来看我。你也给我寄来非常甜美体贴的信件。但是把我送进监狱的正是你而不是你父亲，这件事从头到尾你都是有责任的。你从未明白正是因为你，为了你，也是经你的手我才进了监狱。哪怕是我站在木制囚笼栅栏后面的这样一幅图景，也无法激活你那如一潭死水般的想象力。你有的只是作为一幕哀怜戏剧看客的同情和伤感，但从未意识到自己正是这一可怕悲剧的真正策划者。我看你对自己的所作所为毫无察觉。如果你的心不是让仇恨操纵得愚钝而麻木，它本会告诉你这一切的，我实在不想替代它来告诉你。人应该通过自己的天性去了解万物，如果他们对此无所感知也不能明白，那么仅靠他人告知是徒劳无益的。我现在写信告诉你这些，是因为在我两年漫长的铁窗生活中，你对我采取的行为和缄默态度促使我必须这样做。并且，正如事情结果所显示的，只有我一人遭到严惩，但这倒是一件令我快乐的事情。有很多理由使我心甘情愿地去承担，尽管当我看着你时，我的眼睛一直告诉我，你彻底任性的盲目是可鄙可耻的。我记得有一次你满怀骄傲地向我展示你写的、发表在一份半便士报纸上的有关我的一封信。确实，那是一件非常拘谨节制的平庸之作。你在信中代表一名"落魄者"大声吁求"英国人的公平精神"，或说些类似的庸词套话。如果这封信是为遭受痛苦指控的某位正派人而写的，并且你个人又和他不熟悉，那也说得过去。但你偏偏认为那是封精彩绝伦的亲笔信，你将其视作堂吉诃德式骑士精神的证明。我知道你给其他报社也写了信，但没发表。当时他们只是说你恨自己的父亲，其实你的爱恨没人在乎。你应该知道，那就是从智力方面考虑，恨是一个永恒的消极力量；从情感方面考虑，仇恨意味着一种官能的萎缩和退化，它消火一切，唯留自身。写信告诉报社自己恨某人不亚于说自己患上了某种可耻的难以启齿的疾病。你所恨的是自己的父亲，并且这种恨又完全是相互的，这样的事实并没让你的恨显出一丝高贵或精致。如果它真能显示什么，那只不过是你的遗传疾病……

我还记得，法庭执行裁决时，将我的房子、书籍和家具都扣押并登广告出售，我面临破产，自然写信告诉你这件事。我并未提及正是为了支付给你买礼物的钱，法警才进入你经常来用餐的我家，我想——不管我想得对不对——这消息可能会让你有点难过。我仅仅将单纯的事实告诉你，觉得你应该知道这些事实。结果，你从布伦给我回信，尽情抒发你几乎称得上是喜悦兴奋的心情。你在信里说，你知道自己的父亲"正缺钱"，被迫去筹了一千五百镑作为审理费用。还说我的破产可让他出一回真正的"洋相"，这样他就不能从我这里得到任何财物弥补他的花费。你现在认识到仇恨让人眼盲这句话的含义了吗？是的，当说到仇恨是摧毁一切、独留它自己的一种官能退化时，我实际上是在科学地描述一个真实的心理事实。我所有心爱的物品都将被迫贱卖——伯恩·琼斯的绘画，惠斯勒的绘画，我的蒙特西利，我的西蒙·莎乐美，我的瓷器，我的藏书，我收藏了几乎所有同时代诗人的诗集，包括雨果、惠特曼、斯温伯恩、马拉美、莫里斯、魏尔伦的诗集，还有我父亲母亲装订精美的作品，我大学时代和中学时代所获得的各种奖品，各种精装版本或相类似的书籍——这些对你来说毫无意味，你曾说它们让你烦透了，仅此而已。整件事里你真正看重的是你父亲最终会损失几百英镑，就是这种细枝末节的想法令你欣喜若狂。你知道吗？我告诉你一件事，你可能会感兴趣。关于审判所需的开销，你父亲曾在奥尔良俱乐部公开宣称，如果这场官司要花上他两万英镑，那是绝对值得的！他已完全从中获得了一种乐趣、愉悦和胜利。事实上，他不仅能将我投入监狱关上两年，而且还能让我被带出去一个下午，将我的破产昭告天下，这种始料未及的经历使他的享受更完满了。那是我耻辱的顶点，也是你父亲彻底完美的胜利。我非常清楚，如果当初你父亲没有声明他的诉讼费要由我担负，你无论如何会对我的藏书所遭到的浩劫深感同情，这对于一位作家来说是难以弥补的损失，在我所有的物质损失中这个是最让我难过的。如果你还念及这些年我在你身上所花的大把大把的钱，以及这么多年来你是如何靠我生活的，你本可以为我稍花点钱，将我的一些书买回来。最多也不到一百五十镑，相当于平时一周我花在你身上的钱。但是想到你父亲的口袋即将丢掉几个便士，这一想法带给你的卑贱渺小的乐趣令你彻底忘记了自己应该给我一点小小的回报，不管它是多么微小，多么易行，多么廉价，多么了无新意，如果你能为我做到，那对我会是一个莫大的安慰和帮助。因此我说，仇恨令人眼盲，我说得对吗？你现在看到了吗？如果没有，再试着看看。

我没必要告诉你，无论是事发当时还是现在，我对整个事件看得是多么清楚。但我对自己说："不管付出什么代价，我必须守护我心中的爱。如果我因受困囹圄就抛别爱，我该如何安放自己的灵魂？"那一时段我从霍勒维给你写的信，就是我倾听天性强烈呼唤的努力。如果我选择诅咒你，我也是能够将你撕成碎片的。我本可以怒斥着将你撕成万段，本可以举一面镜子让你照照镜中自己的模样。你可能认不出那是你自己，直至看到镜中的影子也会做着与你一模一样的那些可怕动作，才会认出那是谁，然后你会恨它，也会恨你自己，这恨意永不消弭，也远不止于此。现在另一个人的罪孽被记在了我的账上。如果我愿意，在任何一次庭审中，我都可以做到为了自救而让他付出代价。我的耻辱确实难以洗清，但我绝不至于被关进监狱。如果我愿意证明主证人们——即三个最重要的证人——是受你父亲和他的律师们精心调教的——他们不仅仅在如何保持沉默上，也在如何发表证言上保持一致，完全将另一个人的所作所为有目的、有预谋、有排演地转嫁到我身上，我本可以让法官将他们一一逐出证人席，比驱逐那位做伪证的无耻之徒阿提克斯还要迅速。我本可以虚情假意，双手插袋，像一位自由人一样潇洒地离开法庭，强大的压力鞭策我这样做，那些一心一意关心我的利益和家产命运的人热切建议我、乞求我，甚至是恳请我这样做。但我拒绝了，我没有选择这样做。我对自己的决定从未有过片刻的后悔，即使是在我作为囚徒的艰难日子里。这种行为我是不屑的。肉体的罪孽不足为道，如果它们必须治疗，医生们足以对付它们；只有灵魂的罪孽才是可耻的。我若以这种方式无罪释放，这对我将是终生的折磨。但是，你真的以为你配得上我当时对你的爱吗？或者，我有过一时片刻认为你是值得我爱的？你当然不配，我知道。但是爱不是市场上的交易，不是小贩们的磅秤可称量的。如同精神的快乐，爱的快乐是感受到爱本身的生命流动。爱的目的就是爱，不多也不少。你是我的敌人，你带给我的威胁实属世间罕见。我把自己的生命给了你，你却为了满足人所具有的种种激情中最卑劣、最可耻的那些仇恨、虚荣和贪婪，将我的生命弃若敝屣。无论从哪个角度看，不到三年，你已将我完全毁灭。对于我自己，除了爱你，别无他想。我过去曾认为，如果容忍自己恨你，我将如同跋涉在生活的干旱沙海中——并且现在仍是这样——每一块岩石都将失去它的影子，每一棵棕榈都将枯萎，每一口井的水的源头都将染毒。这样和你说，你能明白一点吗？你的想象力是否能从长久以来呆滞凝结的状态中觉醒一点？你已知道何为恨，现在你是否开始明白何为爱，何为爱的本质？你现在学会这些还不算迟，尽管为了教给你这些，我不得不进了囚室。

在经历可怕的审判之后，我被穿上囚服，押进监狱，坐在我曾有过的灿烂生活的废墟上，悲伤、恐惧、痛苦一齐碾压着我，令我恍惚茫然。但我不恨你。每一天我都对自己说："今天我必须要将爱留在心间，否则我该如何度日？"我提醒自己，无论如何你对我并无恶意。我告诉自己，你只是碰巧开弓射箭，偏偏刺穿了铠甲的接缝处，射中了国王。拿我微不足道的悲伤和损失去追究你，我感到这是不公平的。我决心将你也视作正在受难的同类，甚至迫使自己相信，荫翳终于从你失明已久的双眼脱落。我曾常常满怀痛苦地幻想，哪一天你思量自己一手策划的闹剧时，该会感到多么恐惧。我曾多少次渴望能安慰你，哪怕在那些黑暗的日子里，我一生最黑暗的日子，我亦未改初衷。我坚信最终你应该已经明白你到底做了什么。

那时我从未想过你可能属于浅陋邪恶之辈。确实，当我告诉你出于家庭责任和义务，我要将我的第一收信机会让给我的家信时，我的内心非常痛苦。但我的舅子写信告诉我，如果我能给妻子写信，哪怕就一封信，她会为了我和我的孩子们放弃离婚。我觉得我有义务这样做。别的不考虑，只要一想到要和西里尔分开，我就肝肠寸断。西里尔，我的美丽的、可爱的、充满了深情的孩子，我的最亲爱的朋友，我的最亲密的伙伴，他小小的金色脑门上的一缕头发不仅比你整个人，甚至比整个世界的贵橄榄石还要珍贵。他对我珍贵如许，尽管我意识到这点已经太迟了。

在你提交申请两周后，我得知了你的消息。罗伯特·夏拉德来看望我，他勇敢侠义，是人之俊杰。他告诉我几件事，其中之一是你将以我的信为样本，在那份荒唐的《法兰西信使报》杂志上发表一篇有关我的文章。这份杂志一向矫揉造作地自诩为"颓废文学的大本营"。他问我这是否出于我的本意。我大为震惊，极为愤怒，立刻下令终止该事。你总是将我的信四处丢放，让敲诈勒索者窃走，让旅店仆人偷走，让女佣人们对外兜售。这些都说明你对我写给你的信漫不经心、不知珍惜。但是你居然一本正经地提议要从剩存的信件中选出一部分发表，这令我匪夷所思。你要发表我的哪些信件呢？我一无所知。这就是我收到的有关你的第一则消息，它令我甚是生气。

不久第二则消息又接踵而至。你父亲的律师来到监狱，将一封破产通知亲自转交给我，数额是区区七百英镑的诉讼费。我被法庭当众宣判破产，并被命令到法庭听取判决。我当时强烈地觉得，而且我现在仍是这样认为，将来我也还会回到这个话题，那就是这笔诉讼费应该由你家支付。你曾亲口声明你们家会支付的，你会对此负责的。正是基于此，律师才接手了这个案子。你对此负有绝对的责任。即使不考虑你代表你的家庭做出的承诺，你也应该能感知你既然已完全毁了我，最起码也不应该让这笔微乎其微的小钱来增加我因为破产而遭受的耻辱，要知道这点数目还不及那个夏天在戈林的三个月我花在你身上一半的钱。好了，不多说了，关于此事就到此为止吧。我承认，我确实通过律师收到你的相关口信，或是不管怎样与此事相关的你的信息。来取我的证词和声明的那一天，他俯身斜过身子——当时有狱吏在场——从口袋中掏出一张纸，瞥了一眼低声对我说："弗拉尔·德·里斯王子向你问好。"我双眼盯着他，他又重复了一遍，我还是不明白他在说什么。"王子目前在国外。"他神秘地加了一句。突然间我恍然大悟，不禁大笑起来。这是记忆中我整个囚徒生活里第一次也是最后一次发笑了，这笑声包含了我对整个世界的蔑视。弗拉尔·德·里斯王子！我明白了——随后发生的事证明我的理解是正确的——我明白了目前发生的一切没能教会你一丁点人情世故。在你自己的眼中，你仍然是一出琐屑喜剧中风度翩翩的王子，而不是一幕悲剧中严峻忧郁的人物。对你来说，已发生的一切只不过是一片羽毛，装饰着促狭的脑袋上的帽子，是一朵鲜花，装饰着一件紧身上衣，上衣底下包裹的是一颗衔恨的心，唯有恨能让这颗心保持温度，而爱在其中只能找到冰冷。

弗拉尔·德·里斯王子！毫无疑问，你以假名和我交流是你做出的正确选择，我本人在彼时完全失去了名字。在我被囚禁的大监狱里，我只是一长排走廊中一间小囚室的一个数字或字母，千百个了无生息的数字中的一个，千百条黯淡无光的生命中的一员。但是，确实在真实的人类历史上，有许多真实的名字本可以更适合你，你选哪

51

一个能让我毫不费劲地立刻认出你来呢？我没料到我要到那些金属亮片缀串成的面具后去寻找你，那只适合逗人的假面舞会啊。啊！如果你的灵魂因悲伤而布满伤痕，因悔恨而扭曲弯折，因痛苦而卑躬屈膝——为了自身的完美灵魂本该经历这些——它就不会选择这个假名来借其阴影的掩护进入这所痛苦之屋了！生活中的伟大之物就是它们表面呈现在你眼前的模样，恰是这个原因，要解读它们也是困难的，你可能会觉得这听上去很怪吧。但是生活中的渺小事物都有其象征含义，我们最易通过它们接受痛苦的教训。你看似漫不经心选择的这样一个假名就是一个象征符号，并且它将会一直保持下去，它将你暴露得一览无余。

六周之后第三则消息到了。我当时正病得厉害，躺在床上，有人喊我出去，是你通过典狱长传来了一则特别信息。他给我念了你写给他的信，在信中你提议要在《法兰西信使报》（你还附带说明这本杂志相当于英国的《半月评论》）上发表一篇题为《有关奥斯卡·王尔德先生一案》的文章，现急切需要获得我的同意来发表相关信件的节选摘要。它们来自……什么信件来着？是我从哈勒维监狱写给你的信件吗？是那些对你来说本该是世界上最神圣最秘不可宣的信件吗？你打算将这些信件发表，让那些愚钝的颓废之人刺激一番，让那些通俗的文艺栏目有料可爆，让那些拉丁区名流垂涎三尺吗？如果你的灵魂没有呼喊反抗如此粗俗的渎神行为，你至少该记得当我看到济慈的信件在伦敦被公开拍卖后满怀悲愤写下的十四行诗，这样你就会明白我的诗行的真正含义——

> ……我想他们是不爱艺术的，
>
> 一对发亮的鼠目带着病态的满足盯着
>
> 诗人被击碎的水晶之心。

你的文章想要说明什么？是想说我太爱你了吗？这点连巴黎的流浪汉都知道。他们全都读报纸，并且大部分人也向报社投稿。你想说我是一位天才吗？法国人都清楚这点，并且对我天分的独特之处知道得比你还清楚，或者说他们理应知道才对……还是你想说伴随天才的经常是一种奇特怪诞的激情和欲望吗？该见解令人钦佩，但这话题应由龙勃罗梭[1]而不是你来说，并且这种病态现象在那些毫无天分的人身上照样存在……抑或你要说在你和你父亲间的仇恨大战中，我既当了你俩的矛又成了你俩的盾？当然更不会是你想证明，这场索我性命的残酷猎杀始于你们父子战争结束之时，要不是你早布下的追命网绳缚住我的双脚，他就绝无可能追上我？此话不虚，但我得知亨利·鲍尔在这方面已做得非常好了。[2]并且，如果你的本来意图是为了佐证他的观点，你没必要公开我的信件，至少不会是我寄

---

1. 龙勃罗梭（1836—1909），意大利犯罪学家、精神病学家，重视研究犯罪人的病理解剖，擅长研究精神病人和犯罪人。
2. 1895 年 6 月 3 日，亨利·鲍尔在《巴黎回声》上发表了一篇有力的文章，攻击对王尔德判决的残暴、惩罚同性恋者的愚蠢和英国的虚伪。

自哈勒维监狱的信件。

要回答我的这些问题，或许你会问，我是否在寄自狱中的一封信中要求你在能力范围之内争取世界对我再公平一点点？是的，我当然这样说过！请你想想，此时此刻我为什么会在这里？我又是如何被送到这里来的？你认为我真的是被此案的证人们送来这里的吗？不管真假，我和那类人的关系既提不起政府的兴趣，也引发不了社会的关注。他们对那一无所知，也毫不在乎。我现在身陷此处是因为我曾努力要将你的父亲送进监狱，当然我的努力失败了。我自己的律师放弃了辩护，你的父亲彻底扭转了局面，把我投进监狱，并一直关押到现在。这就是为什么我被众人看不起，为什么大家鄙视我，为什么我必须服满阴惨刑期的每一天，每一时，每一分，为什么我的申诉一而再、再而三地被拒绝……

你是唯一一位本可以向社会澄清整个事件、增加事件公信度的人，因为自始至终你没有陷入被轻蔑、危险或责骂的攻击中。你本可以就这一事件对舆论做一个不同的解释，在一定程度上还原事件的真相。我当然没有期待或指望你宣布，在牛津惹上麻烦事后你为什么要求助于我，又是如何求助于我的，带着什么企图——如果你真有什么企图——并且又是如何在近三年的时间里寸步不离我左右的。我不断努力，试图中断这一毁灭我的艺术、尊严和社会地位的友谊，个中努力我已精确记录在此信中，无须一一赘述。我也不指望你能亲自描述自己那些定期发作的大吵大闹的单调场景；用不着让你重印那些接二连三发给我的精彩电报，让大家欣赏浪漫和金钱混为一体的怪诞风格；不想逼你引用你信中那些更加残忍的令人恶心的段落，尽管许多人对我施压，让我这样做。并且无论对你对我，如果你能针对你父亲对我们友谊的解读做某种驳斥，事情本可以好一些。你父亲对我们友谊的指责与其说是怪诞的，不如说是十分恶毒的。在你父亲的理解中，你是荒唐的，我是可耻的。这种野史式的成见现在几乎要变成一部正史，它被人们引用、相信和记录，牧师将其作为布道的文本，卫道士们将其作为沉闷的主题，具有万世魅力的我不得不屈身接受一只猩猩和一名小丑对我的裁决。我承认在这封信中，我不无尖刻地说过，生活的讽刺在于你的父亲在有生之年将成为主日学校弥撒咏唱的英雄，你将与婴幼儿阶段的撒母耳齐名，而我将被置于吉尔斯·德·雷和马奎斯·德·萨德之间。我敢说这样已是最好的了，我无意抱怨。一个人在狱中学到的教训之一就是，事情是怎样就是怎样，将怎样便会怎样。我也丝毫不怀疑，中世纪的麻风病患者和《朱斯蒂娜》的作者[1]会是比山德弗和莫顿[2]更好的伴侣。

但当我写信给你时，我确实觉得为了我们两人的利益考虑，不接受你父亲通过他的律师提起的陈述——完全是一番关于庸人世界

---

1. 指萨德。《朱斯蒂娜》是萨德的小说，写于 1791 年。

2.《山德弗和莫顿的历史》中的主人公，是英国文学家托马斯·德（1785—1859）为儿童创作的一部非常流行的书。

的教化——将会是一件好事，一件合适的、正确的事。那就是我为什么要你动动脑筋，写点什么还原事情真相的原因。这至少比你为那些法国报纸涂鸦一些你父母的私生活要好得多。你觉得法国人会在乎你父母居家生活是否快乐吗？再也没有比这个话题更让他们感到乏味的了。真正令他们感兴趣的，是像我这样有声望的、以自己开创的学派和思潮引领法兰西思想方向的艺术家，怎么会如此生活、如此行事的。对于你计划为了你的文章公开我们的信件——我担心它们在数量上会源源不断——我本可以理解，尽管我是不会允许发表此类信件的。我在信中对你说的就是，你给我生活带来的毁灭，你如疯子般时时发作的无法掌控的暴怒，不仅伤害你也伤害了我，以及我渴望，不，是我决心要终结从各方面来说对我都是致命的与你的交情。你父亲雇用的律师一直渴望抓住我的把柄。那日，他当庭突然拿出我于一八九三年三月写给你的一封信，我在信中说与其忍受你乐此不疲、不断重复的大吵大闹的场景，我宁愿自己"被全伦敦的每一名男妓敲诈勒索"。如果我和你友谊的那一面偶然不经意地暴露在众目睽睽之下，那对我确实是一件非常伤心的事情。但是你在此事上是如此地愚钝麻木，并且对我珍贵、细腻、美丽的情愫形同陌路，以至于居然会主动提议发表我写给你的信。要知道，我曾努力通过写信让我爱的精魂保持活力，让爱之魂在我肉身受辱的漫长岁月里依然能对我不离不弃。因此，你的这种行为曾经是，并且现在依旧是我最尖锐痛苦的失望之源。你为什么会这样做呢？

我估计我对你是太了解了。如果说仇恨蒙蔽了你的双眼，那么虚荣心就用钢筋铁线缝合了你的眼睑。你狭隘的、自私自负的性格已使你"像了解理想中的那样去了解现实状态下人和人建立的关系"的能力大为退化，并且由于长期未利用这一功能，它也几乎失效了。你的想象力和我本人一样身陷囹圄，虚荣心已为囚窗钉上铁条，而典狱官的名字就叫仇恨。

所有这些都发生在前年十一月的早些时候。巨大的生命之河已将你和这个日子远远地分开，你几乎看不到，或者你可能一点都看不到浩瀚之河对岸的荒原。但对我来说，浩瀚之河的彼岸光景尽收眼底。我不会说这事就像发生在昨天，因为它更像是在今天发生的。痛苦的时光漫漫无期。我们无法让苦难四季分明，只能记录苦难岁月的心情起伏，万千心绪的回落返潮。对我们来说，时间是旋转的而不是向前流动的，它似乎是环绕着痛苦在运动。生活如瘫痪般了无生气，我的一举一动都要遵循一成不变的模式，吃饭、喝水、睡觉、祈祷，或至少为了祷告而跪地，都得按照毫无弹性的铁律进行。这种毫无变动的状态，使每一个可怕的白天在每一个细节方面都一模一样，它也似乎以这种方式告诉外部的世界，永不停止的变动才是外部世界存在的本质力量。播种收获的场景，弯腰割谷的农人，穿梭于葡萄园的采摘工，果园的草地上或飘落着碎白花朵，或散缀着落地熟果……所有这些人间景象我们一无所知，也无从知晓。对于我们狱中人只有一个季节：痛苦的季节。太阳和月亮似乎已经离开了我们，尽管监狱外碧空如洗，阳光灿烂，但透过厚厚的消音玻璃和狭小的铁栅栏窗渗进的光线是暗淡吝啬的。囚犯就坐在这样的窗下，囚室内总是光线昏暗犹如黄昏，正如囚徒们暮气沉沉的心情。在这里，思想和时间似乎都凝固了。一些你本人以为早已遗忘的往事，或是能轻易忘记的往事，现在却在我脑海中重现，甚至第二天也会被我继续想起。知道这点，你就能明白我为什么要写信，又为何以这种方式来写。

一周之后，我被转到这里。三个月之后，我的母亲去世了。你比任何人更了解我是多么爱我的母亲。失去母亲于我是可怕的，曾经是语言骄子的我，竟无法用语言表达我的哀痛和羞辱。即使对艺术最得心应手的时候，我也找不到准确的词句来承受如此令人望而生畏的主题，也找不到一组足够合适的音乐来表达我无法言传的悲痛。母亲和父亲将家族姓氏传给我，他们倾注了毕生的心血使这一姓氏高贵荣耀，这份荣光不仅闪烁在文学领域、艺术领域、考古和科学领域，而且也在我国的公共史和民族发展史领域熠熠生辉。而我却使它成为粗俗之辈茶余饭后的谈资笑料，使它永远蒙羞。是我把我的家族姓氏拖入泥潭，令刁蛮鼠辈们将我的家姓横加践踏，令蠢人把我的姓氏等同于愚蠢。笔墨纸张远不能描述我曾经承受和正在承受的苦难。为了不让我从冷漠的嘴里得知母亲去世的噩耗，我温柔善良的妻子拖着病体，一路从热那亚回到英格兰，亲口告诉我，我已无法挽回地失去了我的母亲。那些仍然爱我的人纷纷向我表示同情，甚至是素昧平生的人，在得知我的生活又遭遇新的苦痛后，也来信要求转达他们的吊唁慰问。唯有你，漠然旁观，鸿雁无影，音信全无。维吉尔曾对但丁描述过那些既不高贵也不善良的庸常之辈："让我们不再说他们了，只是看看然后走过吧。"这话用在你身上再合适不过了。

三个月过去了。记录我日常劳作的日历就挂在我囚室的门外，上面写着我的名字和刑期，告诉我五月来到了。朋友们又来狱中看我，如同往常，我总会问起你的近况，得知你正在那不勒斯的一幢别墅创作一本诗集。临近探监结束时，我的朋友不经意说起你打算将诗集题献给我。这一消息让我对生活感到一阵恶心。我没说什么，满怀对你的轻蔑鄙视默默走回牢房。未经我的应允，你怎么会做梦想要将一册诗集题献与我。做梦，我刚刚说的是这个词吧？你怎么敢做这类事情？你是否会回答在我王尔德名望如日中天之时，我曾同意接受你将早年作品题献给我？当然，我是这样说过的。任何一位开始从事文学艺术这项美丽又艰难的事业的年轻人的敬意，我都一样会接受。对于一名艺术家所有的敬意都是令人愉悦的，如果这一敬意来自年轻人，那将是双倍的甜美愉悦。衰老的双手摘取月桂枝叶会令其枯萎，唯有青春方能为艺术家加冕，这是青春真正的特权——如果年轻人自己知晓就好了。但是受辱卑贱的日子远不同于声名显赫的时光。你或许还不知道富足、喜悦和成功本质相似，它们都质地粗糙，但痛苦却是所有创造之物中最敏感的。思想领域中的任何波动，痛苦莫不以可怕精微的脉动与之共振。一片薄薄微颤的金箔记录着肉眼无法察见的锻造力的方向，但它与痛苦的灵魂相比仍粗糙百倍。只要不是爱之手，任何手轻触受伤的灵魂，伤口都会流血；即使是爱之手的抚摸，也会让灵魂再次流血，尽管这血已不是因伤口的疼痛而流。

为了在《法兰西信使报》这份你所谓的"类似我们英国的《半月评论》"的杂志上发表我的信件，你可以写信给旺兹沃什典狱长征求我的同意，那你为什么不能写信给里丁的典狱长——不管你选择什么浮词丽藻——告知你打算将自己的诗集题献与我而征求我的同意呢？难道是因为前者是被我禁止发表我的信件的杂志，你当然也清楚知晓我信件的合法版权全归我本人，而对于后者你认为可以不用告知我，以便享受随性而为的乐趣，即使我到时知道，要干涉也为时已晚了？我现在是一位已被命运摧毁的落魄囚犯，如果你希望在你的作品扉页写上我的名字，那么你应该将之作为我对你的一种恩惠、一种荣誉、一种特权来恳求我。这就是一个人对待那些痛苦的、饱受侮辱损害人士的应有的方式。

哪里有悲伤哪里就有圣地，将来的某一天，人们会意识到此言的应有之义，否则他们对生活将一无所知。天性如罗比的人是能够了解这点的。那天我被两位警察挟持着从监狱到破产法庭，在长长的、昏暗的过道中等候受审。这时，一个甜美简单的动作突然令全场鸦雀无声——罗比庄重地举帽向我这位戴着手铐低头从他身边走过的因犯致敬。那些做了比这更微小的善举的人已上天堂。就是本着这种精神和爱，圣徒们会跪下为穷人洗脚，会弯腰亲吻麻风病人的脸颊。我从未告诉过那人他的举动给予我的影响，直到现在我也不知道他是否清楚我觉察到了他的举动。这种事情不是人们能够以一种正式方式来表达庸常的感激之情的。我将它珍藏在我的内心深处，并很高兴将它视作一笔我永远无法偿还的秘密债务。我将把泪水化作没药和肉桂[1]，浸染它，使之永远甜美。当智慧对我已一无益处，人生哲学对我来说已苍白贫瘠，友人们宽慰我的陈词滥调于我已成灰与土，记忆中这微小可爱的无言善举向我开启了怜悯之泉：沙漠像玫瑰一样开出花朵，我终于被带离了凄苦的流放之地，与世界那颗受伤破碎的伟大心脏和谐共振。当你不仅仅能明白罗比的行为是多么美好，并且明白它为何对我如此重要——并将一直如此，那么或许你就会知道你该以什么样的方式和精神状态接近我，来获得我对你题献诗集的应允。

直说吧，无论什么情况下我都不会接受你的题献。尽管在另外的情况下我有可能会很高兴被问及是否乐意接受献诗，但对你的题献请求我肯定会拒绝，这里我对自己任何个人情感都不予考虑，这完完全全是为了你好。一位正处在生命春天的年轻人献给世界的第一卷诗集也应如春天怒放的山花，或像马格达仑草地上的英国山楂

---

1. 没药和肉桂均为香料，有保鲜作用。

61

树，或是康姆那尔田野上的黄花九轮草，而不应背负这种可怕而又令人作呕的悲剧和丑闻的双重重压。如果我允许自己的名字出现在书的扉页，我将犯下一个严重的艺术错误。我将会给整部作品带来错误的氛围，而在现代艺术中作品的气韵是如此重要。现代生活的两大突出征象是复杂性和相对性。为了显示第一点，作品的气韵应包含细致入微的联想暗示和纤巧精致、与众不同的视角；而要显示第二点，则要求知晓背景脉络。这就是为什么雕塑已不再是代表性的艺术，而音乐仍然是，文学则一直并将永远是最高的代表性艺术。

你的小册本应有着西西里和阿卡迪亚芬芳的田园气息，而非刑事法庭被告席瘟疫般的恶臭，或是囚犯斗室中闷热的呼吸。我并不是说你提议的献诗仅是艺术品位上的错误，从另一个角度看它是完全不合适的。它看上去像是你的行为在我被捕前后的延续，给人的印象只是一次愚蠢的虚张声势：那种在"耻辱"街道上能廉价买卖的所谓的勇气。就你我的友谊而言，复仇女神已经将我们像两只苍蝇那样碾碎了。将诗集题献给身陷囹圄的我似乎更像是硬挤出来的愚蠢的俏皮话。这对你就像是故伎重演，因为在你热衷写信的可怕的日子里——我真诚地希望那样的日子一去不复返，这也是为你好——你通常公开地表露你的扬扬自得并乐于自我吹嘘。这样的状态不可能产生你写诗当初想要的严肃优美的效果，尽管我相信你的初衷毕竟是好的。如果你当时咨询我，我会建议你略微推迟书的发表时间；或者若你不乐意，就先匿名发表，然后当你的歌唱终于为你赢得情人时——我仅指真正值得你去赢得的情人——你可转身告诉世界："你们所崇拜的花朵是我播种的，现在我将它们献给一位艺术家，他在你们眼里是贱民和受驱逐者，但他是我热爱、尊敬和敬仰的人。我谨以此书题献给他。"但是，你却选择了错误的方法和错误的时刻。爱情和文学中都自有策略，但你对两者皆不懂不通。

我在这点上和你啰唆这么久，是为了要你充分掌握我的意思，并能明白我为什么会立刻写信给罗比——信里对你满是轻蔑和不屑——并绝对拒绝你的题献要求。我希望那些涉及你的言辞能被仔细誊抄后寄给你。我觉得是到了该让你对自己的所作所为有一点了解认识的时候了。麻木过久甚至会变得怪异，而一个毫无想象力的性情若不被适度唤醒，将会彻底僵化为麻木迟钝。结果可能是灵魂的栖息处——肉身能吃能喝能享乐，但灵魂本身，如但丁《神曲》中的布兰卡德·奥瑞亚的灵魂，会完全枯寂死亡。我的信抵达你手倒也算得上适逢其时，就我判断，它对你会如同晴天霹雳。你在写给罗比的回信中声称自己"已被剥夺了所有思考和表达的力量"。确实，你除了向母亲写信抱怨外，似乎想不出更好的办法了。而因为你母亲又茫然不知怎么做才是真的为你好——这点对你对她都是不幸的，她当然会百般安抚你，娇惯你，于是你又会陷入之前愠怒无聊的状态。据我所知，她曾对我的朋友说，她对我写给你的苛言厉词"极为不悦"。事实上，她不仅对我的朋友表达她的不满，而且也向不是我朋友的人发泄情绪，后者在数量上要远超过前者，这点几乎不用我提醒你了。现在，我通过各种渠道——这些渠道几乎都是完全站在你和你家族一边的人提供的——得知，人们对我杰出的天才和可怕的遭遇抱有的同情心原本仍在缓慢地增长，但现在完全消失了。人们说："哈，这个人先前试图把善良的父亲打入监狱，但未能得逞，现在又转身要怪罪他纯洁的儿子。我们对他的鄙视是多么正确！他受万人唾弃真是活该！"在我看来，如果有人在你母亲面前提起我，她对自己在导致我家庭毁灭过程中发挥的作用说不出一句表示难过或后悔的话——要知道，你母亲在这一事件里起的作用绝不算小——她更恰当的做法是保持沉默。至于你本人，难道你现在不觉得，无论从哪一方面看，比起给你母亲写信抱怨，更好的做法是直接写信给我，把你理应说的——或你认为理应说的——勇敢地说给我听？现在离我写那封信已经隔了一年，你总不可能整年时间都"丧失了思考和表达能力"吧？你为什么不给我写信？你从我的信里定能看出我被你伤害得有多深，对你有多愤怒！并且，你也看到了你我关系的真实面目，这次你再也不会误解了。在旧日里我经常说你正毁灭我的生活，你总是纵声大笑。在我们友谊一开始的那会儿，爱德华·列维看到你总是把我推出去承受由你的"牛津灾难"——如果我们可以这样定义它的话——引发的冲击、恼怒和开销。我们当时也寻求过他的建议和帮助，他整整与我谈了一个小时，警告我不要与你交往，你听后又放声大笑，与前次在布莱克内尔你听我说起曾和他进行过一次印象深刻的长谈后的放声一笑一样。我曾告诉你，连那位和我一起站在被告席上的不幸年轻人都不止一次地警告我，事实将会证明，比起其他因我自身愚蠢而交往认识的任何一位小伙子，你将给我带来更致命、更彻底的毁灭。你当时听后又是一阵大笑，尽管这一次你笑得有些勉强和不自然。由于我和你的友谊关系，当那些更为谨慎或与我关系没那么亲密的朋友要么警告我要么离开我时，你满脸不屑，同样又是一笑置之。当你的父亲第一次在写给你的信中，对我侮辱贬损时，我曾告诉过你我知道自己将成为你们父子对骂的工具，并在某种程度上要承担你们之间争执的恶果，你听后又是放肆大笑。但是，就其结果而言，每一件事都如我所说的那样发生了。你无法找到借口来声称自己不明白整个事件的前因后果。你为什么不给我写信？是因为懦弱吗？冷酷吗？到底是为什么？我对你的愤怒，以及我已将之充分表达的行为都应更有理由促使你动手写信。如果你认为我在信中所言是对的，你本应写信；如果你觉得哪怕有那么一点点失实的地方，你也应该写信。我在等你的信。我确信最终你会明白，如果我旧日对你的情谊、断然坚持的爱，还有我倾注于你的成千上万鲜有回报的善举、你欠我的成千上万桩未表谢意的情债……如果对你来说所有这些一无可取，哪怕仅出于义务和本分——尽管这是人和人之间所有关系中最乏味无趣的——你也应该给我写信了。你总不至于当真认为我被勒令只能接受我家庭成员的事务信函吧。你非常清楚，每隔十二周，罗比就会给我写一封长信，告诉我一些文学动态。再也没有什么比罗比的书信更动人了：它们机智诙谐，对文学的批评切中肯綮，文笔自在灵动。那些才是真正的信，读来宛如正和人娓娓交谈，具有法国小品文的品质。并且，罗比含蓄雅致地表达对我的尊敬，时而针对我的判断力，时而针对我的幽默感，时而针对我对美和文化的直觉。他通过上百种精妙的方式提醒我，我曾经在许多人眼中是艺术风格方面的仲裁者，在一些人的心目中甚至是最高的权威。罗比展示的就是爱和文学的鉴赏力和技巧，他的书信就是穿梭在我和那个美丽的非现实艺术世界之间的一个个小信使。我曾经是那个世界的君王，并且，要不是因为我放纵自己受不完美世界里的粗鄙残缺的激情、低级简陋的胃口、不加节制的欲望和杂乱无形的贪欲的操纵摆布的话，我确实本可以仍在那个世界里君临天下。然而，话说至此，不管怎样，你的头脑中可能会有点明白，或能想象，我即使仅出于心理上的好奇心，较之听说阿尔弗雷德·奥斯丁出版了一册诗集，或者满大街正在为《每日记录》写戏剧评论，或者那位每次说几句颂词都磕磕巴巴的家伙居然宣称梅内尔夫人成了新的潮流预言家，也会觉得你写的信更有趣些吧。

啊！如果换作是你入狱——哦不，我不是说是由我的错误造成的，因为这种想法对我来说是太可怕了，但是如果是由于你自己做的错事，是你自己犯的错误，你自己信错了人，滑入感官享乐的泥潭，滥用了信任，误置了爱,或者这一切都没有,或者这一切一应俱全——你认为我会任由你躲在孤独黑暗中渐渐消磨自己的心志，而不做任何哪怕是再微不足道的努力，去帮助你承受由你的耻辱带来的苦涩的负担吗？你可知道：你若受苦我也一样受苦；你若哭泣我也泪水纵横；你若身陷奴役之屋受人唾弃，我会强忍悲伤再建筑一屋当作宝库，将别人不给你的东西上百倍地置放屋内，等你到来，为你疗伤；若苦涩的必尽之责或谨慎之心阻挡我来到你的身边——这对我单方面来说必定更加苦涩——并且剥夺你和我在一起的快乐（虽然我们还能以一种受辱潦倒的方式透过铁窗横档相见），我至少可以终年不断地给你写信，只希望我的片言只语能够让你读到，只希望被击碎的爱的残音能够让你听见。如果你拒收我的信，我也会一如从前地写，以便让你知道无论沧海桑田，总有我的信在等你阅读。许多人就是这样对我的。每隔三个月，人们会写信给我，或者申请写信给我。他们的消息和书信目前都被保留着，在我出狱之际将会转交给我。我知道它们就在那里，并且也知道那些写信人的姓名。他们都是富有爱心和同情心的善良人，这对我就足够了，我不需要知道更多。你的沉默是可怕的，并且那不是仅几周或几个月的沉默，而是几年；就是那些和你一样的人——他们平日如你一般轻松快乐度日，几乎难以追上光阴那白驹过隙似的镀金脚步，只在寻欢作乐的游戏中落得气喘吁吁——也承认这是漫长的、以年度量的光阴。你这样的沉默是无法用任何借口可以掩饰的。我知道你的双脚是用陶土而非镀金材料做成的，这一点有谁比我知道得更清楚呢？当我创作诸如"恰恰是陶土之足衬托出金像的贵重"的格言警句时，心里想的就是你。但是你为自己塑造的形象绝不是泥足金身，在我看来，你用的材料是有角兽类的四蹄在寻常大路上扬起的尘土而成的秽泥，你用这秽泥塑造了一个惟妙惟肖的雕像给我看。因此，不管我的秘密心愿是什么，此时此刻，我对你除了鄙视和嘲笑再也没有别的情感，对我自己亦如是。并且，抛开别的理由不算，你的冷漠，你的世故，你的无情，你的精明——不管你选择如何称呼它们，加之我人生崩塌之时与之后的特殊境况，已令我的苦难翻倍增长。

如果说其他被投入监狱的可怜人是被剥夺了欣赏世界之美的权利，那可以说他们至少是安全的，在某种程度上，他们可以免遭世界上明枪暗箭的袭击，可以藏身于阴暗的囚室，用所受的凌辱搭建一所庇护圣殿。世界以它的意志自行其是，这些囚徒也能不受干扰地被遗弃一旁，各自受难。但我的境况却与他们不可同日而语。一桩接一桩的哀痛之事将我找寻，狱卒们将牢门打开让它们畅通无阻。能冒险前来探视我的朋友寥寥无几，但我的仇敌却总能长驱直入。我两次在破产法庭公开露面，又两次在众目睽睽之下从一个监狱转到另一个监狱，受到众人百般的奚落和嘲弄，这些对我都是难以言说的奇耻大辱。死神的信使已给我捎来了他的消息，然后扬长而去。我与所有能给我理解和宽慰的人断了音讯。在彻底的孤寂中，我不得不承受着自己人生难以承受的重担——追忆亡母给我带来的悲凉和痛悔。对母亲的思念现仍重压在我心头，伤口几乎一直在疼痛，时间也没法使它痊愈。这时，我妻子一封封愤恨尖刻的信件又通过她的律师寄至我手，我马上受到了由贫穷带来的嘲笑和威胁。这我可以承受，比这更糟糕的打击我都学会承受了。但按法律程序我的两个孩子要从我身边被带走，这对我将永远是无限忧虑和悲伤的根源，将是永无尽头的哀伤。法律居然能自作主张，自行裁定我是一个不适合与自己孩子在一起的父亲，这对我是一件恐怖的事情，牢狱之辱与此相比是不值一提的。我羡慕那些和我一起在院中放风的人，相信他们的孩子正等着他们，盼着他们回家，对他们依然甜美如故。

穷人是有智慧的，他们比我们更慈悲，更体贴，更善解人意。在他们眼中，进监狱是人生的大悲剧，大不幸，大损伤，是令人同情的大事件。他们将进监狱的人只简单说成"遇到困难"的人。"遇到困难"是他们的习惯表达，它表达了完美的爱的智慧。可是我们这一阶层的人却大相径庭。我们一进监狱就成了贱民，像我这样的人，几乎连享受空气和阳光的权利都没有了。我们的在场会亵渎别人的享乐，绝没有人欢迎我们出狱重生，就连月光也不允许我们多看一眼。我的孩子已经从我身边被带走，我与人性种种可爱温暖的联系也被一一掐断。任何能治愈和支撑我们的力量，能给伤痕累累的心灵带来清凉的香膏，能给痛苦的灵魂带来安宁的净水，在我们都是遥不可及的了。

又因为一个微小却不容置疑的事实，以上这一切的不幸和痛苦令我每天漫长的牢狱生活更加艰难，这一事实就是你的种种行径和你的沉默，你已做过的事和你该做而未做的事。牢房的面包和水因你的所作所为变了味道，在我嘴里面包发苦，淡水变咸。你本应分担我的悲伤，但你却令它双倍增长；你本应替我减轻痛苦，但你却将之加剧成为大祸。我知道你并非有意为之，这一切只是"你性格中一个真正致命的缺陷：你完全没有想象力"。

但所有这一切的结果是我不得不原谅你，我必须要这样做。我写这封信不是为了要将痛苦注入你的内心，而是为了将痛苦从我自己心中驱走。为了我自己，我也必须原谅你。一个人不可能总是将一条蝰蛇供养在心口，也不可能每晚起身在心灵的花园里播种荆棘。如果你能给我一点帮助，我可以毫无困难地原谅你。在过去，无论你对我做了什么，我都乐意原谅你，但这样做对你没好处。只有纯洁无辜的生命才能原谅他人所犯下的罪孽，但我现在蒙羞受辱，情形就不一样了。此时此刻我的宽恕对你应是意味深长的，总有一天你会意识到的。无论你意识到的时间是早是晚，是很快意识到还是根本意识不到，我的道路都已在我面前清晰展开。我是不会让你因毁了像我这样的人而心荷重负地走过春夏秋冬的，这样的心灵重负可能会导致你冷漠无情或抑郁忧伤。我必须将包袱从你那里接过来放在自己的双肩上。

我必须对自己说：无论是你，还是你的父亲，还是再强大千百倍的人，都不可能摧毁像我这样的人，是我自己毁了自己。因为一个人无论伟大还是渺小，都不能被毁灭，除非是他自己动手毁灭自己。

我已经准备好承担下一切，并且我现在正是这么做的，尽管现在你可能不这么想。如果我现在无情地指控你，想想我也是在多么无情地指控我自己啊！你对我所做的一切的确可怕，但我虐待自己可要残忍得多了。

我曾是本时代艺术和文化的象征，刚步入成年我就意识到了这一点，时代随后也予以承认。很少有人在有生之年获此殊荣，史学家们或批评家们对天才给予鉴别评估（如果有被鉴别的可能的话），也往往要在天才和他所处的时代消逝了很久之后。我的情况则不同。这点不仅我自己能感觉到，我也使别人感受到了。拜伦也是个象征性人物，但他更多的是时代激情和厌倦的代表，而我则属于时代更为永恒、高贵、宽广、重要的那部分。

诸神几乎已赐予我一切：天赋、显赫的名望、重要的社会地位、卓越的才华和非凡的智力。我使艺术成为哲学，哲学成为艺术。我转变了众人的思想和万物的色彩，我的言行举止没有一点不使人啧啧称奇。我将戏剧这种最为客观的艺术形式变为像抒情诗或十四行诗那样适合表达个体主观情感的艺术模式。同时，我拓宽了戏剧的领域，丰富了戏剧人物角色。戏剧、小说、韵律诗、散文诗，微妙或奇异的对话……无论我接触什么，我都能使其变换出一种新的美。在真理面前，我给予虚假和真实同等的地位，我所展示的真和假仅是智力存在的两种形式。在我看来艺术是最高的现实，而生活仅是虚构的一种形式。我唤醒了时代的想象力，它就在我周围创造了神话和传说。我以一个词组概括了全部的系统，用一句隽语浓缩了所有的存在。

但与我这些才华并存的还有一些不同的东西。我禁不住诱惑，任由自己陷入愚蠢的纵欲迷局。我在浪荡子、花花公子、时尚达人等不同角色间流连辗转，乐此不疲。我周旋于蝇营狗苟之辈，随意挥霍我的天赋，浪费永恒青春反倒给我一种奇特的快感。厌倦了峰顶的风光，我特意坠入谷底寻找新的官能刺激。悖论在我思想领域的作用正如堕落在我激情领域的作用，最终欲望蜕变成一种病态，或一种疯狂，或两者兼而有之。我开始对别人的生活满不在乎，我只攫取生活中取悦我的部分，其余的一概掠过不理。我忘了每一个平常日子的每一个微小举动都能铸就或毁灭性格，因此，一个人在密室中所进行的苟且之事总有一天自己会爬上屋顶告白于天下。我不再是自己的主宰，不再是自己灵魂的掌舵人，甚至变得认不出自己的灵魂。我任由你支配我，任由你的父亲恐吓我，最终变得身败名裂。现在的我一无所有，唯有满腔的谦卑；正如现在我对你也只剩一种情感，那就是完全的谦卑。你不妨也穷困潦倒一次，到我身边来体悟谦卑。

我入狱已近两年了。我的性情时而是几近疯狂的绝望，时而是人见人怜的悲伤，时而是狂暴无力的愤怒，时而是尖酸刻薄的嘲弄。号啕大哭的悲伤，欲诉无言的凄惨，木然失语的哀痛，所有这些灵魂的磨难，我都一一品尝过了。我想我比华兹华斯本人更能深深理解他创作的诗句：

> 苦难是永恒的，晦涩的，黑暗的，
> 无限是它的本性。

然而，就算有时我会为自己无尽的苦难感到欣悦，却无法承受毫无意义的苦难。此刻，我听到一个隐藏在天性深处的声音在对自己说：世间万物都有其意义，苦难尤列其中。这如宝藏般蕴藏在我心田的，就是谦卑之心。

这是我所拥有的最后的，却也是最好的珍宝了。这是我的终极发现，也是我新生命发展的起点。我对谦卑的悟道完全是自发的，所以我想它来得正当其时，不早也不晚。如果之前有人将它告诉我，我会断然拒绝；有人将它送予我，我会拒之于门外。但现在是我自己发现的，我想保留它。我必须这样做，因为它蕴含了众多生活要素，对我来说是一种崭新的生命。谦卑德行在世间万物中是最奇特的，一个人无法将之赠送予人，别人也无法将之转赠予他。只有当一个人将自己拥有的全部放弃，他方可获得谦卑；只有当一个人失去了拥有的全部，他方知自己已具备谦卑品质。

现在我已认识到谦卑就在我心中，我已相当清楚我应该做什么，事实上是我必须做什么。我说的"必须"并不是指外来的命令或制约，我对它们一概不认。比之过去，我现在更是一个彻底的独立主义者。

在我看来，任何事物如果不是由本人自发自觉地获得，它的价值就荡然无存。我的天性正寻找一种新的自我实现方式，这是我现在关注的全部。因此我要做的第一件事，就是让自己从任何怨你恨你的心绪中解脱出来。

我现在身无分文，被家人彻底抛弃。但这远不是世间最悲惨的状态。恕我直言，在我刑满释放之日，我会心甘情愿地挨家挨户乞讨面包，也不会再对你、对世界心怀怨恨。如果我从富人家一无所获，也会从穷人家讨得口粮。富甲天下者通常贪婪吝啬，一贫如洗者总愿与人分享。只要心存爱念，夏日我会毫不介意以清凉的草地为席，冬日我会在茅草垛旁栖身，或在大谷仓的披屋下取暖。生命中的身外之物现在对我无足轻重，你可看到现在我已达到，或正在达到一种什么样的独立状态。因为长路漫漫，而"我所走的路荆棘丛生"。

当然，我知道在马路边乞求施舍不会是我的命运，若我夜晚要躺在清凉的草地上，那也是在给月亮写十四行诗。当我走出监狱之时，罗比将会在嵌满铁钉的大门的另一头等我。他不仅象征了他个人的爱，而且也是其他很多人爱的象征。我相信无论如何我可以十八个月不愁吃穿，这样即使我可能写不出美丽的书籍，至少也可以阅读美丽的书籍，还有什么比这更快乐的呢？那之后，我希望能重启我的创造力。但如若世事变得我在世上没有一位朋友，没有一扇大门哪怕是出于怜悯而向我敞开，我将不得不接受干瘪的钱包和褴褛的斗篷；不过只要不再受人唾弃、嘲笑、冷落，比起身着细亚麻华服而灵魂却因恨致病的从前的我，现在的我将会更平静更自信地面对生活。并且，我真的可以毫无困难地宽恕你。但为了让我做得愉快，你必须自己感到想要得到宽恕。当你真正想要时，你会发现它在等着你。

我没必要说自己的任务并不以此为终，如果真能这样反倒相对容易了。我面前还有很多事情要做，还有更陡峭的山峰等着我去攀爬，还有更黑暗的山谷等着我去穿越。这一切都要我自己去做，宗教、道德抑或理智对此都无能为力。

道德不能助我。因为我天生是个摒弃社会道德规范的人，生来就是个例外的人而非循规蹈矩之辈。然而我明白了，一个人的错误不在于他做了什么，而在于他成了什么样的人，能明白这点是好的。

宗教不能助我。其他人将信仰献给不可视之物，我却将其献给可视可触的东西。我的诸神居住在人手建造的庙宇里，我的信条在真实的经验世界之中得以完善：它可能太完整了，因为像许多乃至所有那些将他们的天国建立在这个尘世间的人那样，我不仅从中发现了天国的美丽，也看到了地狱的恐怖。一想到宗教，我感到自己似乎想为那些无信仰者创建一个教团——可以称之为"无父者兄弟会"。在没有点燃蜡烛的圣坛上，一位内心不得安宁的牧师可以用没有受过赐福的面包和没装葡萄酒的圣杯举行圣礼仪式，真实的一切一定可以升华为宗教。不可知论也可以像信仰一样具备礼拜仪式。它已播撒了殉道者的种子，如今它应该收获自己的圣徒了，并可因上帝在众生面前隐匿自己而每日赞美上帝。但不管是持信仰论还是不可知论,它一定是发自我内心的,一定是我自己创造出象征它的符号体系。唯有精神上的东西方能创造出显形于外的形式。如果我不能在我内心找到精神的秘密,我将永远无法发现它。如果不是我已经得到它,它将永远不会与我结缘。

理智不能助我。理智告诉我,判我有罪的法律是错误的、不公正的,让我饱受磨难的制度同样如此。然而,我总得通过某种方式使法律和制度对我的所作所为显得既公正又公平。正如艺术关注的是某一特定的物体在某一特定的时刻对某一个人的特定意味,这个道理也适用于一个人个性的伦理进化。我要让发生在我生命中的每一件事都成为好事:木板床,难以下咽的食物,要撕成麻絮的硬绳和因撕这些硬绳而变得疼痛麻木的十指指尖,从早到晚的杂役贱活,使日常按部就班的秩序得以维持的那些严酷指令,让悲伤看起来都怪异可笑的可怕的囚服,沉默,孤独,耻辱……所有这些我都要将其一一转化为一种精神体验。没有一样肉身所受的屈辱我会舍弃不理,我一定要将之转化为升华灵魂的醍醐。

我想明确地、不带任何矫饰地讲明一个简单但至关重要的问题,即两件事促使我的生命发生了重大转折:一件是我父亲送我到牛津读大学,另一件是社会送我入监狱服刑。我不会说入狱是有生以来我经历过的最好事情,这样的言辞我自己听上去都觉得过于悲苦。我宁愿自己或别人这样说我:王尔德是他这个时代里典型的孩子,他任性忤逆，并且正因为如此任性忤逆，把自己生命中的善变为恶，恶却变为善。然而，不管是我自己还是别人说什么并不重要。我今后要去做并且必须去做的要事是，如果我短暂的余生时光不再被肢解、玷污或损毁，我将毫无怨言地把所有发生的事一一融入我的天性，让它成为我生命的有机部分，我将无所畏惧、毫无怨言、满怀热忱地接纳它。至恶是浅薄，能意识到的一切都是对的。

我刚被投入监狱时，一些人就建议我努力忘记自己是谁。这种建议是毁灭性的。只有认识到自己是谁，我才会找到可以称为慰藉的感觉。现在我即将刑满出狱，另一些人又建议我忘却自己曾是一名囚犯这一事实。我知道这建议同样又将是致命的。这意味着我将永远被一种难以忍受的耻辱感困扰缠身，而那些对我和他人有着同样意味的事物：日月的壮美，四季轮转的盛况，黎明破晓时的音乐，博大黑夜的静谧，雨打绿叶的节奏，露凝草地呈现的银白——所有这些人间美景将黯然失色，将丧失治愈灵魂创伤的力量，再也无法传递生之乐趣了。放弃自己的经历就等于遏制自己的成长，否认自己的经历无异于向生命之唇塞进一则谎言，它简直就是否认灵魂。因为正如人的肉身要吸收各种各样的包括平凡不洁和那些经牧师和幻象净化过的事物，并把它们转化为速度或力量，转化为美丽肌肉的生成和肉身的优美运动，以及头发、双唇和眼睛所展示的弧度与色泽。同理，灵魂也有其滋养人心的作用，它也能把灵魂本身卑劣、残忍和堕落的成分转化成高贵的思想，蕴含高尚意味的激情，并且可在这些思想激情中找到它最威严的语言，也经常通过原本亵渎毁灭的举动最完美地彰显自己。

我必须坦然承认自己是一所普通监狱里的普通囚犯，并且还得教自己不要为此感到羞耻。这点在你看来可能有些怪异，但我必须将之作为惩罚接受下来。如果一个人为所受的惩罚感到羞耻，那他还不如不要接受惩罚。当然，判我有罪的指控很多是子虚乌有，但也有很多指控是确有其事，并且还有更多的事情曾在我生命之中发生但从未受过起诉。我在这封信里说过众神是不可理喻的，他们会因我们的邪恶和忤逆惩罚我们，同样也会因我们的良善和温情惩处我们。我必须要接受的事实是，人会因自己所行的善和恶一并受到惩罚。我毫不怀疑人得此待遇是正确的。它会帮助人，或者它应该会帮助人认识善恶，对两者任何一个都不会过于骄傲自大。如果我不为自己所受的惩罚感到羞耻——我希望自己不会——那我就能自由地思考、行走和生活了。

许多人出狱后仍身扛无形的监狱，将其作为一个不可告人的耻辱隐藏在心里，最后就像一个中毒甚深的可怜生物般爬入某个洞穴无声无息地死去。他们不得不这样做，此情此景让人觉得非常可怜。而逼迫他们这样做的社会是错误的，是完全错误的。社会有对个体施以严刑酷罚的权利，但是社会本身也有"浅薄"这样的至恶，并且它还意识不到自身做了什么。当对一个人的惩罚结束后，社会就将他扔至一边任其自生自灭了，换言之，恰是在社会应该对个体尽最高义务的时刻，它却将个体抛弃了。它这样做是因为它实际上为自己的行为感到羞耻，它在躲避那些受它惩罚的人，就像人们会躲避一位他们欠下了无法偿清的债务的债主，或是躲避对其犯下了无法弥补的错误的蒙冤之人。我个人认为，如果我意识到自己遭受了什么样的苦难，社会也应意识到它曾怎样地惩罚我，并且双方都不应再抱有痛苦和仇恨。

当然我清楚，比起其他人，从某种角度来看，世间万事对我来说将会更艰难。从事件的性质看，它肯定会是这样。在很多方面，与我同牢的那些可怜的小偷和流浪者要比我幸运。在灰色城市中的小路上或郊外绿野里，见证他们罪孽的人数量有限，要找到对他们所行恶事一无所知的人，所需的距离还不到小鸟在破晓和黎明之间的飞行距离。但是我的世界已萎缩成巴掌那么大，无论我转向哪里，我的名字都牢牢地刻在岩石上，因为我不是从一个无名之辈暂时变为一名臭名昭著的罪犯，而是从一种享有永恒名望的胜境落入永恒耻辱的绝境。有时我觉得我的自身经历似乎揭示了——如果它确实必须揭示出什么的话——这样一个事实：从声明卓著到声名狼藉仅一步之遥，当然如果真还有"一步"这么长的话。

并且，鉴于一个根本的事实，只要蠢行还在进行，无论我走到哪里，人们都会认出我。但这一事实对我也有益处，它将迫使我尽快再次以一名艺术家的身份扬名四方。如果我能再一次创造出哪怕一部美丽的艺术作品，我就能清除他们恶意中的毒素、嘲笑中的懦弱，将尽吐轻蔑之言的舌头连根拔起。如果生活要为难我——这一点毋庸置疑——那我只能同样为难生活。人们必须先对我采取某种态度，然后才可对我和他们自己下判断。很明显，我不是在指某一些个别的人，因为现在只有两类人我愿意交往——艺术家和受难者，即那些知道何为美与何为苦难的人，其他人我一概不感兴趣。我对生活也一无所求，我所说的这一切仅是在探寻自己对整体生活精神层面上的认识。于是，我感到首先必须坚持的认识之一就是不要因自己受过惩罚而感到羞耻，这是为了我自身的完美,尽管我是如此不完美。

因此，我必须学会如何生活得幸福。我曾经凭借直觉知道什么是幸福，或者说以为自己知道了什么是幸福。曾几何时，我的心灵花园始终春光浪漫，我的性情快乐无垠，我将快乐塞满生活，如同将红酒斟至杯沿。而现在，我从一个全新的立场来接近生活，此时的我连感觉幸福都极其困难。记得我在牛津的第一个学期读到佩特的《文艺复兴》——那本对我的生活产生了奇怪影响的书——读到但丁如何将那些恣情沉溺于悲伤中的人放置在地狱中时，就去学院图书馆翻到但丁《神曲》中描绘那番景象的一页，那些躺在可怕的泥潭下"在甜美的氛围中仍愠怒无常，怒气冲冲"的人用一声声叹息诉说着：

> 那时我们心中愁云密布，
>
> 而阳光中甜美的空气喜气洋洋。

我知道教会要谴责那些倦怠冷漠之辈，但我仍觉得这整个想法奇异生动，这恰是对真正生活一无所知的牧师凭空臆想的一种罪孽。我也不能明白，但丁既然说过"悲伤让我们与上帝联姻"，怎么还会粗暴地对待那些迷恋悲伤的人——如果这类人确乎存在。我真没想到，某一天悲伤会成为生活给我的最大诱惑之一。

在旺兹沃什监狱的时候我真想死，死亡是我的一个欲望。在住院两个月后我被移送到这里，身体渐渐好起来，心里却充满了愤怒，我下决心在出狱那天自杀。又过了一段时间，那种邪恶的心情消失，我又下决心要活着，但要让自己像国王披着紫袍一样裹卷在忧郁中，永远不要再笑了。我要将所有我能进入的房子都变成吊唁之屋，要我的朋友与我徐步在悲伤中，并告诉他们忧郁是生活真正的秘密，用一种异化的悲痛伤害他们，用自己的痛苦毁灭他们。现在我感觉又不一样了。我终于明白，对那些来监狱看我的朋友拉长脸是多么不知感恩，没有善意，这使得他们为了表示对我的同情，则不得不将脸拉得更长。同样由于不知好歹，当我想取悦他们时，我仅邀请他们默默坐下品尝苦草药和为葬礼烤制的肉块。我必须学会如何让自己变得快乐幸福。

在最近两次的探监活动中，我努力尝试尽可能高兴地与朋友们见面。朋友们不辞辛苦大老远地从城里来这里看我，我要让自己表现得开心快乐，作为对他们善意的一点微不足道的回报。尽管这只是一点微小的回报，但我知道，它肯定最能让我的朋友们高兴。

本周六和罗比见面一小时，我努力将自己在见面时真正感到的欣悦尽可能充分地表达出来。这足以证明——就我自己的观点而言是对的——自入狱以来，我第一次真正有了想活下去的渴望。

我面前能做的事情这么多，如果我不努力去完成哪怕一点就死了，那这将又是我生命中一出可怕的悲剧。我看到了艺术和生活领域新的发展，每一个发展都是一种新的完美的形式。我渴望活着，这样就能去探寻这个对我来说全新的世界。你想知道这个新世界是什么吗？我想你能猜到，这就是我一直生活在其中的世界。

悲伤以及它教给人的一切是我的新世界。过去的我完全是为享乐而活着，对任何悲伤和苦难都躲避甚至讨厌它们。我决心尽可能忽略它们，即将它们视作不完美的、有缺陷的模式，从我的生活规划中排斥出去；我的哲学中没有它们的位置。我母亲视生活为一个整体，她经常对我吟诵歌德的诗行——那些诗行出现在卡莱尔[1]赠予她的一部著作里，我猜测也是卡莱尔本人翻译的：

> 从未在悲伤中咀嚼过面包，
>
> 从未在午夜时分
>
> 哭泣着等待黎明的人
>
> 是不了解你的——来自天国的力量。

---

1. 托马斯·卡莱尔（1795—1881），英国讽刺作家、评论家、历史学家。著有《法国大革命》《文明的忧思》等。

这些诗句是那位曾遭受拿破仑凌辱的高贵普鲁士皇后在屈辱的流放中苦吟的诗行，它们也是我母亲晚年在困顿时经常引用的诗句。我当年全然拒绝接受或承认上述诗句中蕴含的伟大的真理，我无法理解它。我清晰地记得当年自己是如何告诉母亲，我不想在痛苦中咀嚼面包，或在啜泣中等待一个更为痛苦的黎明到来。我根本不知道这是命运之神为我备下的一份特殊礼物。整整一年时间，我几乎做不了别的事情，但这就是我所分得的那份命运。最近几个月，在经历一系列痛苦的挣扎和困难之后，我终于能够理解隐藏在疼痛之中的一些教训。牧师们和用词鲜有智慧的人有时将受难作为一个神迹来讲述，但受难确实是一种神启，人可从中得到前所未有的发现，可从一个不同的立场接近历史的整体。一个人凭直觉模糊感觉到的艺术真谛，将会通过完美清晰的想象和极其强烈的体悟在智力和情感上得以领会。

我现在明白，悲伤是人类所有情感的极致，它既是所有伟大艺术的表现形式，同时也是所有伟大艺术的试金石。艺术家一直要寻找的生存状态是灵与肉成为不可分割的一体，外表能诉说内里，最终凝结为一种艺术形式。这样的生存样态并不很多，有时可将青春以及专注于表现青春的艺术视为其中的一种模式，另一些时候也可将现代风景艺术归为此大类。因为它以对印象精准敏锐的捕捉提示人们那栖居在万物表象之内的精魂，它以大地、天空、雾霭和城市为衣裾，把一种忧郁的同情糅合进自己的气氛、明暗和颜色里，用图像的形式实现了古希腊人以完美的造型艺术所表达的艺术精髓。能融所有主题于一体的音乐正是其中一个较精微的例子，而花朵或孩子则可作为一个相对简单的例子，但唯有悲伤才是生活和艺术的根本类型。

欢笑背后可能隐藏着粗糙、坚硬和冷漠的性情，但悲伤背后总是悲伤。痛苦不像享乐，它不戴面具。艺术真理不是基本观念和偶然存在之间的联系或相符，不是外形和其投射阴影之间的相似，也不是映射在水晶上的形状和形状本身的契合；没有什么来自空山的厄科[1]当然更没有能倒映明月并将那喀索斯[2]的映象展示给本人的银亮的山涧泉水。艺术真理是一事物与它本身融为一体，外形呈现内里，灵魂得以化身，肉身洋溢着精神。因这理由，没有真理可与悲伤比拟。甚至有时我觉得悲伤才是唯一的真理，其他事物可能是来自眼睛或肠胃的幻象，令人目盲倒胃。但悲伤造就世界，正如婴儿或星星都是带着阵痛降临到这一世界的。

除此之外，悲伤亦包含了一种强烈的、不同于一般的现实。我曾说自己象征着我所生活时代的艺术和文化，其实，与我一起屈身于这可怜之地的每一个可怜人，无不象征着与生活真正秘密之间的联系，这一秘密就是人生意味着苦难。苦难隐藏在万物背后。人之

---

1. 厄科，希腊神话中的一个居于山林水泽的仙女，因爱恋那喀索斯遭到拒绝，憔悴消损，最后只留下声音。
2. 那喀索斯，希腊神话中的一个英俊少年，他拒绝仙女厄科的爱，唯爱自己在泉水中的倒影，最后憔悴而死。

初时，甜美之事如此甜美，痛苦之事如此痛苦，于是我们不可避免地将所有的渴望都引向追逐舒适愉快，并且"不止一两个月以蜜糖为食"，而是经年累月以它为食，对其他食品一概拒斥，殊不知这样做真有可能让自己的灵魂忍饥挨饿。

记得我曾和一位具有人格魅力的女士就这一话题谈论过。一直以来，无论在我入狱前，还是陷入绝境后，她高贵善良的品质和给予我的同情都难以用语言表达。举世之内，是她真正帮助我承受艰难困境，这点无人能及，尽管她本人并不知道。只要想想她真真实实地存在着，毫无虚饰地在做她自己，对人们来说，她便既是个理想又是种影响，暗示着人可能成为什么，同时也向这一破蛹成蝶的进程提供了帮助。她能使普通的空气变得甜美，使精神变得就像阳光和大海那样简单自然，对她，美丽和悲伤是携手并进的，两者有着相同的含义。此时想到这个问题，我清楚地记得自己当时曾对她说了，仅伦敦的一条狭巷就有足够的苦难，这证明上帝是不爱人类的，只要有悲伤存在，不管在哪里，哪怕是一个孩子因自己犯下或没犯下的过错在某个小花园哭泣，世界的整体面目就彻底地被玷污损害了。她当时说我完全错了，但我不信，因为那时候我还进入不了怀有这种信念的境界。现在我认为，这苦海无涯的世界正是为了说明某种爱的存在，这是唯一可能的解释。我想不出还有另外的解释，我相信没有另外的解释了。正如我前面所说，如果世界真的是由悲伤建成，那它也是由爱之手创建的。世界因人之魂而创建，没有别的途径能让灵魂达到完美的境界。快乐可使肉身美丽，但痛苦则让灵魂升华。

　　我之所以这样说，是因为我相信它们，我对此充满了自豪。一个人可以看到上帝之城如一颗完美珍珠在远方若隐若现，它是如此精彩绝伦，似乎可让一位孩童在某个夏日抵达。孩子是可以抵达上帝之城的，但对于我，对于眼前的我，情况就不同了。一个人可以在某一时刻实现某一心愿，但在随后漫长沉重的时间之旅中又会失去它。要保持"灵魂能取得的高度"是如此困难。我们想着永恒，却步履迟缓地在光阴中穿过。我不必重说狱中人的时间走得有多慢，也不必述说厌倦和绝望如何悄悄潜回囚室并常驻囚徒心中。奇怪的是，它们固执相随，让人不得不打扫收拾自己的房子迎接它们的到来，就像是迎接一位不受欢迎的客人，或是一位令人痛苦的主人，或是一位奴隶。至于它是谁的奴隶，就要看一个人命运的安排或自身的选择了。尽管目前你可能不太相信，但这仍是真相：目前的你自由闲适，比起一日之计始于跪擦囚室地板的我，你更容易学习谦卑。因为充满无边贫困和限制的监狱生活会令人叛逆。监狱最可怕的不是令人心碎——人心生来原本就是被击碎的——而是将人心变为石头。狱中生活有时令人感到只有冷若冰霜的面容，轻蔑嘲弄的唇角方能助人挨过白日。而身心处于反抗状态的人是无法接受天恩的，"天恩"一词基督教信徒极喜欢用，我敢说他们喜欢并没有错。因为无论在生活中，还是在艺术中，反抗的心态会封堵灵魂的通道，把天国的气息阻挡在外。但如果我一定要在某处学习谦卑，那我一定要在这里——在监狱里学习。如果我正朝着"美的大门"行走在正确的道路上，那我必然是满心喜悦，尽管我可能会一次次摔倒在泥潭中，也可能会经常在雾霭中迷路。

由于我对但丁的热爱，有时我喜欢称眼前的生活为新生活。当然它一点也不新，仅仅是我从前生活的延续、发展和演化。记得当年我在牛津即将毕业获得学位时，曾对一位朋友说我将带着自己灵魂中的激情走进世界，我想尝遍天下花园所有树上的果了。当时是六月的一个清晨，我们俩正绕着群鸟欢叫的麦格德林狭长的林荫道散步。我确实是这样走出牛津的，也是这样生活的。我唯一的错误就是将自己完全限制于花园树木中见阳的部分，避开了树木阴影昏暗的另一面。失败、耻辱、贫穷、悲伤、绝望、苦难，甚至眼泪，发自痛苦双唇的片言断语，促使人行走在荆棘丛中的悔恨，出自良知的谴责，出于自卑的惩罚，撒灰于头的哀伤，穿麻衣饮胆汁所表达的悲痛——所有这些都是我所害怕的。由于当初下决心拒绝了解它们，结果现在被迫将它们——品尝，并且整整一季以它们为食，我确实没有再吃过其他食品。我对自己曾快乐活着从未有过片刻的后悔，我将它做到了极致，正如一个人应将他所做的每件事都做到极致。这世上没有一种欢乐我没有体验过。我将我的灵魂之珠扔进了红酒杯，穿过报春花径去追寻长笛之乐，整日啜饮着蜜汁。但要继续同样的生活将是错误的，因为那将是逼仄狭隘的。我必须继续前行，花园的另一半也有秘密在等待着我。

　　当然，所有这些都在我的作品中得到了预言。有的在《快乐王子》中；有的在《年轻的国王》中，特别是在主教对跪着的男孩说的那一段里，"难道制造了痛苦的他不比你的艺术更聪慧吗？"这句话在我写的时候仅是一句话；大部分都隐藏在《道连·格雷》的宿命感中，这种宿命感如同一条紫线贯穿作品黄金般华丽的表面；《作为艺术家的批评家》一文以多种色彩阐明了这一点；《人的灵魂》一书中也简单地写下了这一观点，但其中的信件写得极为简单，反使它们不易被读懂；这层意思也是《莎乐美》一书中如叠歌般反复出现的主题，它犹如一段曲调，将《莎乐美》的各部分像一部音乐剧般连在了一起；在《快乐短暂》这篇散文诗中，从青铜形象中走出来的人要成为《伤悲永恒》一文中人的化身，它不可能成为别的。在人生的每一个当下时刻，人既是他未来的形象，也是他过去的样子。艺术之所以成为象征，是因为人本身就是一种象征。

　　如果我能完全达到这一目标，这便是艺术生活的终极实现。因为艺术生活是一种单纯的自我发展。艺术家的谦卑就是他对所有经历的坦然接受，正如艺术家的爱就是他对美的感知，并借此将美的灵和肉展现给世界。在《伊壁鸠鲁信徒马利乌斯》一书中，佩特寻求在甜美、深沉、庄重的语感中将艺术生活和宗教生活融为一体。但马利乌斯仅仅是一位观察者，当然他的确是一位理想的旁观者，属于华兹华斯认为的以"带着恰当的情感思考生活万象"为真正目标的那种诗人。然而若仅做一名生活的旁观者，他可能会太过关注圣殿中器皿的美丽，而忽略了自己凝神注目的正是悲伤的圣殿本身。

我发现在耶稣和艺术家的真实生活之间存在着一种更加密切和直接的联系。有一事让我深感欣悦，即早在悲伤捕获我并将我捆绑在它的车轮上之前，我已在《人的灵魂》一书中写道：一个人若要像耶稣一样生活，就必须完全彻底地成为他自己。这样，我的角色就不仅是山边的牧羊人和牢笼中的囚犯，而且也是描绘世界盛典的画家和歌吟世界的诗人。我记得有一次和安德鲁·纪德一起在巴黎的一家咖啡屋坐着闲谈，我说，尽管我对形而上学没有兴趣，对道德规范更没一丝兴致，但无论柏拉图哲学还是耶稣的教导，没有一样不可立刻转入艺术的范畴，并在其中获得它圆满的实现。这一概括既深刻又新奇。

在耶稣身上我们能体察到性格与完美的结合，这种结合是区分古典艺术和浪漫艺术的真正分水岭，并使耶稣成为现实生活中浪漫运动的先驱。不仅如此，耶稣的根本天性与艺术家别无二致，都有一种火焰般强烈的想象力。他在人类关系的全部领域实现了富有想象的同情，而这是艺术创造领域唯一的秘密。他能理解麻风病患者的麻风之痛，盲人的黑暗世界，寻欢作乐者的锥心痛苦，富翁们的奇怪"贫困"。现在你能明白了——你能吗？——当我身陷困境时，你曾给我写信说，"当你走下受众人膜拜的神坛时，你是一个索然无趣的人，下一次你若再生病，我会立刻离开你"，你这样不仅远离了艺术家真实的性情，也同样远离了马修·阿诺德曾说的"耶稣的秘密"。这两者都能教会人们：别人身上发生的一切都会在自己身上重演。如果你为了寻欢或由于痛苦，需要一个铭文供你日夜诵读时，你可将之写到你家墙上，让日月为你与它涂金镀银：别人身上发生的一切都会在自己身上重演。如果有人问起这铭文的意思，你可回答，它意味着"耶稣的心和莎士比亚的大脑"。

耶稣确实是和诗人在一起的。他对人性整体的概念迸发于他的想象力，并只能通过想象力实现。耶稣眼中的人类似于泛神论者眼中的上帝，是他第一个将各个人种视为人类的联合体。在他之前是众神和人类共处的时代，唯有他看见了生命的山巅上只坐着上帝和人，并且通过神秘的同情心感知，将两者都变作自己的化身。根据心情，他称自己是"一之子"或"他之子"。他唤醒我们心中受浪漫主义吸引的奇妙性情，这种力量史上无人能及。至今在我看来仍然不可思议的是，一位年轻的加利利农民想象着能用自己的双肩来承受全世界的重担：所有已做过的事和已出现的苦难，所有将做的事和将出现的苦难，包括尼禄[1]、恺撒·博尔吉亚[2]、亚历山大六世[3]和曾做过罗马皇帝和太阳牧师的人所犯的罪孽。而人类曾遭过的劫

---

1. 尼禄（37—68），古罗马帝国的皇帝，54—68 年在位，欧洲历史上有名的残酷暴君，世人称之为"嗜血的尼禄"。
2. 恺撒·博尔吉亚（1476—1507），教皇亚历山大六世的私生子，著名强权者。
3. 亚历山大六世（1431—1503），罗马教皇史上第 216 位教皇，出身西班牙博尔吉亚家族，在统治期以谋杀、贪婪和淫乱臭名昭著。

难也数不胜数，许多罹难者早已在坟墓中长眠，受压迫的民族，工厂中劳作的童工，狱中的囚犯，流浪汉和被欺压得麻木的人，他们的哑然失语唯有上帝能听见。耶稣不仅能想象到，并且还能真正感受到这些苦难。因此当下所有了解耶稣人格的人，尽管他们既不会在圣坛前弯腰也不会在牧师前下跪，但仍能发现他们所犯罪孽褪去了丑陋之色，展示在他们面前的是美丽的悲伤。

我说过耶稣位居诗人行列，此话不假。雪莱和索福克勒斯都是他的同伴。但耶稣的整个人生也是诗章中最精彩的部分。希腊悲剧的整个循环系列都未触及"怜悯和恐惧"，主人公的绝对纯洁将整个系统抬升到浪漫艺术的高度，"底比斯和珀罗普斯"城民的苦难正因其恐怖惨烈而受悲剧的排斥，这些都表明亚里士多德戏剧理论的错误：亚氏认为戏剧无法接受无辜受难的场景。我们无法在埃斯库罗斯或但丁这些人类柔情的杰出坚定的记录者的艺术中，或在莎士比亚这位人类伟大艺术家中最纯净的人的创造中，或在整个凯尔特的神话传说体系中——在那里，世界的可爱是通过朦胧的泪眼看到的，而一个人的一生就如一朵花的一生——找到可与耶稣激情一生最后一举相媲美的、融合了纯粹的哀怜与崇高的悲剧感的人生。他与他的门徒们共进的小型晚餐，尽管晚餐前其中的一位门徒已将他出卖；月光下安静的橄榄园中暗藏的剧烈的痛苦，试图以一吻出卖他而向他走近的虚情假意的朋友；仍然坚信他的朋友——耶稣曾希望以他的朋友那坚如磐石的人格为人类建造一所避难之屋，而现在这个朋友就像一只对着黎明欢叫着飞走的小鸟那样将他抛弃；还有耶稣最后时刻彻底的孤独无助、屈从归顺，和对已发生一切的完全接受。伴随着这些场景的还有正统犹太教高级神父暴怒地撕碎耶稣的衣服，民事法庭的执法官呼喊着要水，徒劳地希望能洗净沾上身的无辜的血污，这使他成为历史上的红色人物；悲伤的加冕仪式，这是人类历史上有文字记载以来最为精彩的事件之一；将一位纯洁无辜的人在他母亲和爱徒眼前钉上了十字架；士兵们为了得到他的衣服争相扔骰子赌博。他通过自己悲惨的死给予世界永恒的象征，最后被安葬于富人的坟墓，身体涂上名贵的香料，用埃及亚麻布包裹着，像一位王子。单从艺术的角度思考这些，人们也只能对教堂的至高仪式心怀感恩，因为它可以不带血腥的恐怖上演悲剧，并不必通过对话、服装甚至是主教激情的手势来传达神秘显现的时刻。只要想到在艺术的其他表现形式上，已经失落的古希腊合唱队将会在弥撒上的主仆应答中最终延存，我的心里总能感到不竭的快乐和惊叹。

然而，耶稣的一生无论从意义上还是表达上确实是一首田园诗，它如此完整地将悲伤和美好合为一体，尽管最终圣殿的纱帷被撕碎了，黑暗笼罩大地，石头滚到了坟墓门边。一个人总会将耶稣想象成和他的同伴们在一起的年轻的新郎，他本人确实也在某处这样说过；或想象成在山谷中穿行的牧羊人，和他的羊群一起寻找着清凉的溪水和碧绿的草地；或想象成一名歌者，努力地用音乐建造着上帝之城的围墙；或是一位恋人，全世界的爱在他的大爱面前顿显渺小。在我的眼中，耶稣的奇迹呈现的是早春来临般的那种沁入心脾的纤弱恬美和天然之趣。我毫无困难地相信他的人格魅力是如此巨大：只要他在场，所有受煎熬的灵魂都会重得安宁，而那些触碰他衣服或是双手的人会忘了痛苦；当他经过时，那些在人生之途中跋涉却从未看到生命神妙秘密的人会清晰地看见神迹，而那些只听过快乐声音而对别的声音充耳不闻的人，将会平生第一次听到爱的声音，会发现它"像阿波罗的诗琴那样和谐悦耳"；或者当耶稣靠近时，那些邪恶的激情会逃之夭夭，并且可以说当耶稣呼唤时，那些想象力迟钝一直如行尸走肉般生活的人将会从他们的坟墓中爬出来；或者当耶稣在山边布道时，众人会忘记饥渴和忧虑，而对于和他共同进餐聆听他教诲的朋友们，粗糙的食物会变得精美可口，水如醇酒，整个屋子会流溢着甘松的芬芳和甜美。

勒南的《耶稣的一生》——仁慈的第五福音，若根据圣·托马斯对福音的定义，勒南之作可视为福音——该书中有一处写着，耶稣伟大的成就就在于他生前死后都一样被人深爱着。若将他置于诗人之列，他肯定领衔于众有爱之人。他看到爱是智者一直在找寻的世界所遗失的秘密，唯有通过爱，一个人才会抵达麻风病人的心或上帝的双足。

并且，最重要的是，基督是个人主义者的极致。谦卑如同接纳一切经验的艺术，它仅仅是一种表现方式。基督一直在寻找的是人的灵魂，他将之称为"上帝之城"，并且发现每个人都有灵魂。耶稣将其比成细微之物，比成一颗细小的种子，一把酵母，一颗珍珠。那是因为一个人只有滤去所有外在的激情，所有习得的文化，所有无论善恶的外在财物之后，才会意识到自己的灵魂。

我曾带着某种固执的意志力和源自天性的反抗来抵御一切，最后我在这世上一无所有，只剩下西里尔的陪伴。我失去了名声、地位、幸福、自由、财富，现在已成了一名囚犯和穷人。但我仍有一件美丽的事物相伴——我的大儿子。突然，法律将他也从我身边带走了。这一打击是如此恐怖，我完全不知所措。我颓然跪地，低头哭泣："孩子的躯体如同主的躯体，两者都是我不配拥有的。"那一刻我似乎得到了救赎，那一刻我唯一能做的就是接受一切。自那以来——对你来说这听起来毫无疑问会有些奇怪——我感到更幸福了。

这样，我当然抵达了我灵魂的终极之地。在这之前，在很多方面我曾是自己灵魂的敌人，但现在我找到它了，原来它像老朋友一样一直在等我。当人与灵魂接触时，就会返璞归真如单纯的孩童，就如耶稣认为人所应该成为的那样。但令人悲哀的是，又有多少人在临死之前曾"拥有过自己的灵魂"？爱默生曾说："世界上没有什么能比一个人发自灵魂的行动更为稀有。"这是真实的，大多数人都是自己的他者。他们的想法是别人的意见，他们的生活只是一场模仿秀，他们的激情是对他人的引用。基督不仅是极端的个人主义者，也是历史上第一位个人主义者。人们曾试图将他作为一名普通的慈善家去理解，或认为他只是一名利他主义者，与那些非科学的感伤主义者一样。但耶稣既不是不谙科学者，亦非情感泛滥者。当然，对穷人，对被关进监狱的人，对地位卑下的人，对可怜不幸的人，耶稣充满了同情和怜悯；但对富人，对热切的享乐主义者，对那些浪费了自由而甘愿成为物的奴隶的人，对那些穿着锦衣华服住在国王宫殿里的人，他有着更多的怜悯和同情。在耶稣的眼里，比起贫穷和悲苦，财富和享乐似乎是更大的人生悲剧。至于利他主义，是我们与生俱来的使命而非意志力决定了我们的人生，人不能从荆棘中收摘葡萄或从大蓟中获取无花果，这些道理有谁会比耶稣知道得更好呢？

作为一种已意识到的确定目标，为他人活着不是耶稣的信念，甚至不是耶稣信念的基础。当他说"原谅你的敌人吧"的时候，他不是为了敌人而是为了他自己，因为爱比恨更美丽。当耶稣旁观那位深爱的年轻人并恳求他"售汝所有，分于穷人"时，耶稣所想的不是穷人的状况而是年轻人的灵魂，是那颗正受财富玷污的可爱的心灵。耶稣的生活观与懂得自我完美规律的艺术家是相通的，因为这一规律，诗人必须歌唱，雕塑家要用青铜思考，画家要让世界成为映照自己心情的镜子。这一切是确定无疑的，就像是山楂树必然要在春天开花，玉米在收获季节会燃烧成金色，月亮在它日复一日的天空漫游中会由盈转亏，由亏变盈。

尽管耶稣并未对人直说"为他人活着吧"，他却指出他人的生命和自己的生命实际上别无二致。这样，耶稣奉献给人类的是一种广阔的、如巨人般的人格。自他来到这个世界，每一个分离的个体生命都成为或能变为整个人类史。当然，文化强化了人格的发展，艺术令我们多才多艺。那些有艺术气质的人与但丁一起流浪，学会了解盐如何成为他人的面包，他们的攀爬之阶有多么陡峭。他们也一度获得过歌德式的清朗和宁静，却也深知波德莱尔为何要向上帝哭喊：

啊，主啊，请赐予我力量和勇气吧，

让我看看自己身体和内心而不厌恶。

他们从莎翁的十四行诗中获知了爱的秘密并将它变为他们自己的，尽管这爱之密码会令他们受伤。他们会以新的目光看待现代生活，因为他们听过肖邦的小夜曲，或触碰过希腊之物，或读过描述某位已故男人为某位已故女人倾注激情的故事，那女人头发如金丝，双唇如石榴。但对艺术气质的同情共鸣必须存在于已知的人类表达形式里：在文字或颜色里，在音乐或大理石中，在一出埃斯库罗斯戏剧的绘制面具后，或某位西西里牧羊人通过穿孔缀连制成的芦笛排管的乐声里——在这些形式中，人和他的所思所念肯定已经被表达过了。

对于艺术家而言，通过艺术形式来表达是唯一能让他感知生活的方式，哑然无言对他就意味着死亡。但对耶稣则不然。耶稣宽广奇妙的想象力几乎让人充满敬畏，他将整个无声无言的痛苦世界作为要拯救的王国，并使自己成为它永恒的代言人。耶稣选择了我之前曾提及的那些因受压迫而失语、其沉默之声只有上帝能听到的人群为自己的兄弟。他渴望能成为盲者的双眼，聋者的双耳，为舌头被捆绑者发出哭喊的双唇。耶稣的期望就是能成为无处投诉的众生发言表意的传声筒，通过他这个中介，他们便可向苍天呼喊。耶稣所理解的艺术本质是将"美"的观念通过悲伤和受难这两大途径具体实现。一个理念只有通过化身意象方能显示价值，耶稣将自己化为人类悲伤的象征，由此吸引并主宰了艺术，这点是任何一个古希腊神祇都没能做到的。

因为希腊众神尽管有美丽迅捷、白皙健壮的四肢，但他们的实质与他们的外在形象不尽吻合。阿波罗的弯眉如黎明时分俯罩山巅的太阳半弧，他的双足如清晨之翼，但他对玛耳绪阿斯心狠手辣，令尼俄伯痛失孩子而终生流泪成石人。帕拉斯将织绣赛中胜她的阿拉克尼变为蜘蛛，女神钢盾般的双眼中没有一丝对少女的怜悯。天后赫拉的浮华和傲慢是促成她所谓"高贵"的一切，众神之父宙斯却偏偏撒欢赋情于人间的女儿。希腊神话中有两个形象极具象征意味：宗教上是不属奥林匹亚山上的大地女神得墨忒耳，艺术上是凡间女子所生的狄俄尼索斯——他诞生之时也是他母亲的离世之刻。

但是从最卑微最低贱的生活领域可诞生比普罗塞耳皮娜的母亲或塞默勒的儿子更为精彩的生命。从拿撒勒的木匠店走出的一个人比任何神话或传说人物都要无限接近伟大。并且奇怪的是，这个人命中注定会向世人揭示葡萄酒的神秘含义及田野百合真正的美丽，在这之前，无论在西塞隆山还是在恩纳河都没有人做到过。

"他被众生蔑视唾弃，他是一位熟稔哀痛的悲伤之人，可以说我们对他是掩面躲藏。"这以赛亚之歌似乎预言了耶稣本人的一生，他以自己的生命应验了这一预言。我们一定不能害怕这样的言说。每一件艺术品都是一则预言的实现，因为每一件艺术品都应该是由一个理念转化而来的具体形象，每一个人都应该是某种理想的实现，这一理想要么在上帝的思考中，要么在人的思考中。耶稣找到了他的理想并将它固定下来，而在耶路撒冷或巴比伦，数个世纪中，维吉尔式的诗人的梦想一直等待着在耶稣身上得以实现，同时整个世界也都向他敞开着。"他的面容之被毁甚于任何人，他的躯体之被残甚于任何人之子。"这些是以赛亚注意到的新理想呈现的显著特征之一，并且艺术一旦明白其中的意味，它将会在阐明这一艺术真理的人面前如花盛开，因为他是阐释这一艺术真理的第一人。难道不是吗？正如我曾说的，艺术蕴含的真理是"外在表达内里，灵魂成为肉身，肉体充满精神，一切都通过形式显露出来"。

在我看来，史上最令人痛惜的事件之一，是基督自己的文艺复兴未按它自身的脉络得到持续发展。这期间曾诞生了沙特尔的大教堂、亚瑟王的传奇故事、阿西西城的圣弗朗西斯、乔托的艺术和但丁的《神曲》。但这一艺术发展趋势被枯燥乏味的古典文艺复兴运动所中断破坏：彼特拉克的十四行诗、拉斐尔的壁画、帕拉迪奥的建筑、正统的法国悲剧、圣保罗大教堂、蒲柏的诗歌，以及所有并非出自内在心灵的启迪而是以外部僵死的规则所创造的一切。但无论哪里，只要有艺术方面的浪漫主义运动存在，就总有基督或基督的心魂以某种形式存在。基督的灵魂存在于《罗密欧与朱丽叶》中，《冬天的故事》中，普罗旺斯的诗歌中，《古舟子咏》中，《无情的妖女》中，查特顿的"慈善歌谣"中。

多亏有了他，我们才知道异彩纷呈的人与事。同样，雨果的《悲惨世界》，波德莱尔的《恶之花》，俄罗斯小说所具有的悲天悯人的气质，伯恩·琼斯和莫里斯的彩色玻璃、挂毯和十五世纪文艺复兴初期意大利的文学艺术，魏尔伦及他的诗歌，乔托建筑风格中的塔，兰斯洛特和圭妮维娅的情爱，汤豪泽的《抒情短诗》，米开朗琪罗表达浪漫困惑主题的大理石雕刻，尖顶的建筑以及孩童和花朵的爱——凡此种种，无处不存在着耶稣的心魂。的确，孩童的爱和花朵的爱，在古典艺术中几无地位，也没有足够的空间能让其成长嬉戏。但从十二世纪开始一直到今天，孩童和花朵一直以不同的形式呈现在不同时期的艺术中，正如孩子和花朵的天性那样任性。在人们看来，春天姗姗来迟，如同在玩捉迷藏游戏的花朵，只有在担心成人对这一游戏玩腻了不再寻找它们时，才走到阳光下显形。一个孩子的生命如同水仙花开的人间四月天，有风雨绵延时，也有春阳高照日。

耶稣自己天性中具有想象力的品质，这使他成为浪漫主义的蓬勃中心。诗句和歌谣中奇怪的形象是人们想象力的构建，而拿撒勒的耶稣则是完全通过自己的想象力创造了自己。以赛亚的哭喊与耶稣的降临其实没有关系，或者说并不多于或少于夜莺与月亮升起之间的关系。他对预言既是否定又是肯定，因为耶稣每实现一个期许，就会毁灭另一个期待。培根曾说，在所有的美中存在着"比例上的某种奇怪之处"。那些诞生于精神世界的、像耶稣本人一样充满了能动的生命力的人，耶稣说他们就像风一样，"人们听到它吹过，然而无人能辨知它来自何处，又吹向何方"。那就是为什么耶稣会如此深深地吸引艺术家。耶稣具有生命所有的色彩：神秘、奇异、悲悯、暗示、狂喜和热爱。他呼唤奇迹的显现降临，人们仅凭他创造的那种心绪就能读懂他。

耶稣或许是"想象力的凝结体"，世界本身或许也同耶稣一样以这一材料构成，每每记起这点我就倍感欣悦。在《道连·格雷》里，我曾说世界的种种罪孽都在人的大脑中进行。现在我们知道，我们不是用眼才看见，也不是用耳才听到。暂且不管眼耳是否能胜任，它们仅是感官印象传送的渠道罢了。只有在人脑中，罂粟才是红的，苹果才是芬芳的，云雀才在歌唱。

最近，我在刻苦研读有关耶稣的四首散文诗。圣诞节期间，我设法获得了一本希腊文的《圣经》。每天清晨，在清理完囚室和擦亮我的锡铁餐具后，我读上一点福音书，随意读上十几节。我的一天就这样愉快地开始了。对你来说，如果也能这样做，那对你混乱无序的生活将大有裨益。它会给你带来无尽的好处，并且希腊文是相当简单的。终年无休无止的机械重复，已将福音书原本具有的天真、新鲜、简单的浪漫魅力破坏殆尽。我们听到的仅是过于频繁的糟糕诵读，并且所有的重复都是反精神的。重回希腊文就像从一间逼仄黑暗的屋子来到百合花盛开的花园。

而且对我来说，快乐将会倍增，因为我想我们极有可能读到基督真正使用过的确切原文。一直以来，人们都认为基督说阿拉姆语，甚至连勒南都这样认为。现在我们知道加利利的农民是会双语的，就像我们今天的爱尔兰农民一样，希腊语当时是整个巴勒斯坦地区的日常交流用语，并且在整个东方世界都是如此。我真的不希望我们仅凭翻译去知晓耶稣自己的言语。当我想到耶稣谈话时查密迪斯可能听到过，苏格拉底可能与之理论过，柏拉图可能也明白他的话语，我就喜不自禁。耶稣真的用希腊语说过"我是一个好牧人"，当他想到田野的百合，想到它们是如何不需要辛苦耕作和纺纱时，他最终表达的是："想想野地上的花是如何生长起来的，它们既不劳作也不吐丝。"并且耶稣最后的话语与圣约翰告诉我们的"成了"完全吻合，他呼喊的是："我的生命已经结束，我的生命已经完成，我的生命已达到完美。"

在读福音书时，特别是在读圣约翰本人书写的，或任何借圣约翰之名和其传承人所创作的早期诺斯替教的作品时，我都能看到这一延绵不息的观点，即想象力是一切精神和物质生活的基础。并且我也看到，对于基督本人而言，想象力简简单单，它就是爱的一种形式，爱对他来说就是上帝在言辞上最全面完整的呈现。大概六周前，经医生许可，我可以吃白面包了，之前我每日普通的囚牢伙食是粗糙的黑面包或棕面包。白面包可真是珍馐美味啊！干巴巴的面包可能成为一个人的美味佳肴，对你来说或许是闻所未闻的奇谈怪论，但它对我的确如此。每餐用毕，我都会细心将掉落在锡盘上或当抹布使用的粗毛巾上的面包屑捡起吃完，以免弄脏桌子。这样做不是出于饥饿——我现在食物相当充足——这样做仅仅是因为我丝毫都不能浪费给我的一切。对待别人给予的爱，一个人也应如是。

像所有富有人格魅力的人一样，基督的魅力不仅在于他本人会说出美好的事情，他也会让别人对他说美好的事情。我爱圣马可讲的有关那位希腊女人的故事——出于对她信仰的考验，圣马可对她说自己不能将以色列孩子的面包给她，那女人回答，在饭桌底下走动的小狗们会吃孩子们落下的面包屑。大部分人为了得到爱和赞赏活着，但我们应该凭借爱和赞赏活着。如果有任何的爱向我们展露端倪，我们应该知晓我们是不值得爱的。没有一个人配得上爱。上帝爱人这一事实表明在完美事物的神圣秩序中书写着这一天条：永恒之爱将会给予那些永恒的卑劣之辈。或者，如果这一句话在你听来过于刺耳，我们可以这样说：人人都值得被爱，除了那些自以为值得被爱的人。爱是应该虔敬跪拜才能接受的，并且那些接受爱的人嘴里心里应该喃喃默念："主啊，我们都不配得到你的爱啊！"

我希望你有时能这样想想，这是你极为欠缺的。

如果我能重新提笔写作，我指的是艺术层面上的创造，我希望我的书写仅立足于两个主题并通过这两个主题来表达我自己：一是"作为生活浪漫主义运动先驱的基督"，二是"艺术生活与行动之间的关系的思考"。第一个主题当然是极其迷人的，因为在基督身上我不仅看到了至高浪漫类型的精华要素，也看到了浪漫气质所衍化出的所有偶然事件，甚至是任性之举。耶稣是第一个告诉人们生命应"如花"绽放的人，他将这一词组固定下来。他认为成人应该成长为孩童那样。耶稣将孩子视作大人的榜样，我本人也一直认为这是孩子的主要作用——如果完美之物一定要有一个用处的话。但丁曾描述人的灵魂当初离开上帝之手，是"像一个小孩一样哭着笑着"来到这个世界的，基督也认为每个人的灵魂应该是"又哭又笑像个孩子"。他觉得生活是变化的，流动的，活性的，任何让其固化成刻板模式的努力都是死路一条。他说人们不应该对物质和一般利益过分当真，超脱飘逸是件了不起的事情，不应为琐事过度烦恼。"鸟儿们都不会，为什么人要这样？"当耶稣说出以下话语时他是多么迷人啊，"不要去考虑明天。难道灵不胜于肉吗？难道躯体不胜于外衣吗？"希腊人可能会说后半句，它充满了希腊式的情感。但只有基督把两方面都说全，以此为我们将生活完美地总结概述。

基督的道德就是毫无保留地倾注同情，这也正是道德应有之意。如果他曾说过的唯一一件事是"她的罪孽已得宽恕，因为她挚爱众

103

生"，说过这句话死也值得。他的公义完全是扬善惩恶，公义就应该这样。乞丐能升天堂是因为他生前不快乐，我想不出有比这更好的理由。清凉的傍晚时分，在葡萄园工作一小时的人和那些在烈日下整日劳作的人的收获是一样的。他们为什么不能一样呢？很有可能人是一文不值的，又或许他们是不同类型的人。基督对那种死气沉沉、机械枯燥地将人物化的体制忍无可忍，这种体制将每个人都看作是一个个东西，并且大家彼此无差异，好像这世上任何人或事和别处的人和事都是一样的。但对于基督来说，没有规则只有例外。

基督认为，浪漫艺术的真正基调正是真实生活固有的基础，除此之外别无其他基础。当众人将在犯罪现场捉到的女犯人带到他面前，将写在纸上的有关惩罚她的法律条文翻给他看，并问他该怎么办时，他用手指在地上画着，好像没听到似的。最后在人们的一再催逼下，基督才抬头说道："让你们中从无罪孽的清白人先向她扔石头吧。"能在活着时说出这样的话确有价值。

像所有天性富含诗意的人一样，耶稣爱无知的人。他知道，在无知人的灵魂里总有为伟大思想留出的空间。但他不能容忍愚蠢的人，特别是那些因教育而变愚蠢的人，满脑子充塞着连自己都不懂的意见，他们是一种特殊类型的现代人。基督曾把这类人的特点总结为手持知识钥匙但自己不会用，也不允许其他人使用，尽管当初锻造这把钥匙可能是为了打开上帝之国的城门。基督主要是向非利士人宣战，这样的战争应是每一位光明之子务必参与的。平庸主义是基督所处社会的标志。那些平庸之辈冥顽不化，对各种新思想负隅抵抗。他们乏味的体面之道，他们单调枯燥的假正经，他们对粗俗成功的膜拜，他们对物质享受全身心的关注，他们对自己和自身地位荒谬的估计——这些特点适用于描述基督时代耶路撒冷的犹太人，正如它们仍适用于我们今天英国的非利士人。基督嘲笑那些体面光鲜得如"刷白的坟墓"[1]般的伪善之流，此后这一词组的用法就永远固定下来了。他将世俗的成功视作一件完全可鄙的事情，里面空空如也，毫无一物，认为财富是人生的一大障碍。他听不得将生命作为祭品奉献给任何的思想建制或道德体系，指出形式和庆典是为人设立的，而不是反其道而行之，人为形式和庆典服务。耶稣认为，应彻底摈弃严守安息日主义的做法，对所有那些中产阶层乐此不疲、冰冷无心的慈善活动，豪华铺张的公共慈善表演，庸常乏味的形式主义，他都给予彻底无情的嘲讽。对于我们，所谓的正统仅仅是一种浅薄木然的默认，但对于他们——这些中产阶级——正统在他们手中则变为可怕的、令人瘫痪的暴政。基督将其抛在一边，向我们展示唯有精神才是有价值的。他热切愉快地向他们指出，尽管他们一直在读摩西律法[2]和先知书[3]，其实对两者都一无所知。这些中产人士将每一天分割成有指定税收的固定程序，并对其征收什一税，

---

1. 出自《马太福音》23：27。"刷白的坟墓"指一座坟墓外表涂刷得光鲜洁白，里面却裹着尸身烂骨。后以此喻作"伪君子""伪善之人"等。
2. 摩西律法（The Law）：也称摩西五经，《圣经·旧约》的前5卷。
3. 先知书（The Prophets）：《圣经·旧约》的第二部分，由先知们所译。

一如他们对薄荷和芸香征收什一税。耶稣教导他们完全生活于当下时刻的巨大重要性。

那些人之所以得到耶稣拯救并摆脱了罪孽，是因为他们展现了自己生命中美丽的时刻。当玛丽·玛格德琳看到基督时，她打碎了一只昂贵的雪花石膏花瓶，该花瓶是她七位情人中的一位送给她的。玛丽将芬芳的香料洒在基督沾满尘土疲惫的双足上，就因为这美丽的一刻，她将永远和路得、贝雅特丽齐一起坐于盛开着雪白天堂玫瑰的花荫中。基督通过一则小警示要告诉我们的全部意思就是，生命的每一刻必须是优美的，灵魂应永处于期待中，期待新郎的到来，期待情人的喉音响起。平庸者之所以平庸，仅在于他天性中的一面从未被想象力照亮过，而基督将生活中所有可爱的影响都视作光的种种形态，想象力本身就是世界之光，世界由光创造，但世界却不能理解光本身。这是因为想象力只是爱的一种表现，并且正是爱和爱的能力才将人彼此区分开来。

耶稣与有罪者交往时最为心怀浪漫，此处的"浪漫"意味着真实。这世界总是爱着圣人，并把他们视为上帝完美境界的化身。但基督通过他内在某种神圣的本能，似乎总是更偏爱有罪者，把他们作为人类可能达到的完美境界的化身。耶稣根本的渴望并不在于改造人们，而在于缓解世间的苦难。将一位有趣的小偷转变为一位乏味的诚实人并不是耶稣的目标，囚犯救助协会和其他类似的现代运动或许是他很少考虑的，将一名税吏转变为一个法利赛人在他看来或许根本不是一个了不起的成就。但他以还未被世人知晓的方式认为罪孽和苦难本身就是美丽神圣的，它们也是完美所呈现的形式。这听上去是一个极其危险的思想，确实如此，因为所有伟大的思想都是危险的。但基督的信念不受怀疑，那也是我自己不去怀疑的真正的信念。

当然，有罪之人必须忏悔。但是为什么呢？原因仅在于若不忏悔，他不能认识到他做了什么。忏悔的时刻即开始的时刻，不仅如此，忏悔是一个人借此可以改变过去的途径。希腊人认为这是不可能的，他们经常以精辟的格言说："甚至众神也不能改变过去。"基督却表明即使是最普通的有罪之人也能做到，并且这也是他能做到的。如果有人问起耶稣这点，他将会说——我对这点相当确定——当浪子双膝下跪哭泣着承认坦白罪行时，他会承认自己确实与娼妓们花天酒地，将财物挥霍殆尽，此后浪子开始养猪，并以猪粮糠秕果腹，食之如珍馐，这些都是浪子生命中美丽神圣的时刻。这点对大多数人来说是难以理解把握的，我敢说只有去过监狱的人才会明白这点。如果的确如此，获刑入狱也可以是有价值的。

基督身上的某种气质是独一无二的。当然，正如真正的黎明到来之前会存在众多虚假的黎明，冬日会突然出现和暖灿烂的阳光，聪明的藏红花会被骗得在花季之前就将它的金色挥霍殆尽，愚蠢的鸟儿也会被骗得提前招偶唤侣，在枯枝上搭起爱巢。同理，在基督降临之前也有基督徒——对于这点我们应该心怀感激——但不幸的是，自基督之后就再无基督徒了。然而有一个例外，那就是阿西西的圣弗朗西斯。但上帝在他诞生之时已赋予他一颗诗人的灵魂，他本人年轻时又在神秘的婚姻中娶"贫困"为新娘。这样，带着一颗诗人的灵魂和一具乞丐的身躯，他发现通向完美之路并不困难。他理解基督，这样他也就像基督一样了。我们不用读训诫手册，便已知道圣弗朗西斯是真正的"基督的翻版"——他本人便是一首诗歌，与他本人相比，同名的书就显得乏味多了。凡此种种无不印证那就是基督的魅力。基督本人就像一件艺术品，他并不真正要教人什么，但当一个人被带到他面前时，那个人的生命就会发生变化，会被改变成某种人。每一个人都注定会与基督相遇，在每个人的生命中至少有一次会和基督同行至以马忤斯。

至于我选择的另一话题，即艺术生活和行为之间的关系问题，在你看来毫无疑问是怪异的。人们会指着里丁监狱说："这就是艺术生活将一个人引领至的最终去处。"好吧，艺术也有可能将人们引向更坏的去处呢。对于那些更为机械刻板的人而言，生活只是一场精明的投机，它取决于对方式手段的仔细算计之上。他们总是知道他们将去哪里，然后就真的到那里了。他们开始渴望成为教区执事，然后不管处于哪个领域，最终都会成功地成为教区执事，但仅限于此，不多也不少。同样的，一个人若渴望成为一个与自我分离的人，成为一名议会议员，或是一名成功的食品杂货商，或是一位知名律师，或是一名法官，或从事其他相类似的乏味无趣的某种职业，他最终都毫无例外地如愿以偿了。那是对他的惩罚，那些想戴上面具的人不得不戴上面具。

但是对饱含活力的生命本身，和那些成为这些活力化身的人而言，情况是不一样的。那些对生命唯一的渴望是自我实现的人从来不知道他们要走向哪里——他们无法知道。从某种意义上看，正如希腊神谕所说，"知道你自己"当然是必需的。但是智慧的终极成就是认识到人的心灵是不可知的。世界最终的奥秘恰是人的自我。人纵然能称量太阳的重量，能丈量月亮的轨迹，能用一颗颗星星绘制出七重天的模型，也仍然无法知晓自我。有谁能计算出自己灵魂的轨迹？当基什的儿子出门去寻找父亲的驴时，并不知道上帝已派人拿着加冕的圣膏在等他，并且他的灵魂已经成为一位王者的灵魂。

我希望自己能活得长久些，能创造出一部非凡的作品，带着这样的作品我就能在生命临近终点时说："是的，这正是艺术生活引导人们前行的去处。"我所遇到过的两个最完美的生命形态是魏尔伦和克鲁泡特金王子，他们两人都有好几年坐牢的经历。前者是但丁之后又一位基督徒诗人，后者带着美丽纯白的基督的灵魂，似乎来自俄罗斯。最近七八个月，尽管来自外界的一系列麻烦毫不间断地向我袭来，但我通过对人和事的体验和观察，已与这个囚室中的一种新精神有了直接接触，这对我的帮助难以用语言来表达。尽管入狱的第一年我无所事事，也记不起做过什么，只记得自己绝望地绞着双手无力地哭喊着："什么结局啊！多么可怕的结局啊。"但现在，我会对自己说——当我暂停自我折磨时我的确会真心实意地说："多美的一个开端啊，多么精彩的一个开始啊！"可能确实如此，也可能演变成这样。如果真的如此，我对自己这种新性格的出现深怀感激，并且这种品性的转变应该也发生在每一个入狱的人身上。

事物本身并不重要，它们确实没有真实地存在过——让我们再一次感谢形而上学吧，是它教会我们明白这一点的——唯有精神才是重要的。以该种方式实施惩罚，其结果可能会是治愈而非制造伤口，正像以该种方式给予施舍也可能会将施舍者手中的面包变为石头。这里有多大的变化啊——不是在条例规则上，因为它们都是固定的铁律，而是在表达使用它们的精神上——你明白，当我告诉你如果我是去年五月获释（我曾一直努力争取该结果），我在离开时将会带着对监狱的厌恶和对每个狱警的痛恨，这样的心态必将荼毒我的生活。我的服刑期延长了一年，但人性一直在监狱中与我们同在。现在我即将服刑期满离开此地，将会永远记得这儿几乎每一个人曾给予我的伟大善意。在刑满释放日，我将会向很多人表达我的谢意，并请求他们同样记住我。

设立监狱制度是一个彻底的错误。出狱后，我将不惜一切代价地去改变它。我打算试一试。但是如果以为人性之精神可以不经历心灵痛苦的挣扎就由基督创造出来——这种精神诞生方式或许不对，但至少被认为是有可能实现的——那世界上再也没有什么比这更错误的了。人性的精神就是爱的精神，就是基督不在教堂而行走四方布道的精神。

　　我也知道狱外有很多美好愉快的事情在等着我，如阿西西的圣弗朗西斯口中的"我的如风的兄弟"和"我的如雨的姐妹"，他们都很可爱；还有商店的橱窗及大城市薄暮时分的落日。如果将我仍能拥有的事物列一清单，我真不知道该在哪里停下。因为，上帝确确实实不是为我一人才创造这个世界的，也是为其他众人创造的。或许，我可以带上以前从未有过的某样东西离开监狱。其实都用不着告诉你，我认为道德上的改革就如同神学上的改革一样，是毫无意义、粗鄙不堪的。尽管"要成为一名更好的人"只是一句非科学的伪善之言，但成为一名更深沉的人是那些经历苦难的人的特权。我想我已成为这样的人了，这点你可以自己明辨判断。

　　如果出狱后哪位朋友举行宴会但不邀请我参加，我是不会心存芥蒂的。独处时我将会无比快乐。拥有自由、书籍、鲜花和月亮的人怎会不快乐？何况觥筹交错的宴会已不再适合我，我付出的太多，不再对它有兴趣了。那样的生活于我已经结束，我敢说这是我的幸运。但是，如果出狱后哪位朋友忧伤满腹却拒绝让我为其分忧解难，我将倍感痛苦。如果他将哀悼之屋的大门关上不让我入内，我会一遍遍地折回请求入内，这样我就能分担理应分担的那份哀痛。如果他认为我拙劣无用，不配和他一起哭泣，我将感到那是最尖锐的羞辱，这是将耻辱迫害加之于我的最可怕的方式。但这是不可能的，我有权分担悲伤。一个人若能看到世界的可爱，又能分担它的悲伤，同时还能意识到两者中都蕴含着奇迹，那他实际上已和神性直接接触，并能像任何人一样靠近上帝的秘密了。

或许，一种更为深沉的旨意可能也会渗入我的艺术，正如它现已渗入我的人生，即让激情和直接冲动融合为更巨大的整体。现代艺术追求的真正目标是强度而非广度。我们时代的艺术已无须关注类型，需要重视的是例外。无须赘言，我不能把自己的苦难放入任何已有的苦难形式中。艺术始于模仿终止处。但我的作品肯定要融进某物，它们或许是词语之间达到的更充分的和谐，更丰富的节奏，更奇特的颜色效果，更简单的架构顺序——总而言之，呈现的是某种美学品质。

当玛西亚斯[1]"被从他四肢的皮囊（指"德拉叶鞘"，若引用一句但丁最残忍、最塔西佗式的词句的话）中扯出来时"，他不再歌唱了，希腊人是这样说的。阿波罗赢了，里尔琴战胜了芦笛。但或许希腊人弄错了，我在很多现代艺术中听到了玛西亚斯的哭喊。它是波德莱尔诗行中的苦涩，拉马丁诗句中的甜美和悲伤，魏尔兰诗歌中的神秘。它在肖邦音乐中是拖延的和声，在伯恩·琼斯画中是反复出现的女人脸上挥之不去的不满。甚至连马修·阿诺德的诗行也萦绕着深受困扰、忧伤怀疑的低吟，尽管他的卡里克里斯之歌以如此清晰美丽的抒情音符讲述了"甜美的沁入心脾的里尔琴的胜利"以及"著

1.玛西亚斯，希腊神话中的萨提尔，提出要和阿波罗比赛吹长笛决一高下，结果他输了，被活剥皮。

名的最终胜利"。无论歌德还是华兹华斯都治愈不了阿诺德的忧伤，尽管他先后追随过这两人。当阿诺德寻找以什么为"酒神杖"哀悼或是为"吉普赛学者"歌吟时，他最终还是选择用芦笛来缓释自己的心结。尽管我不能确定弗里吉亚的农牧神是否沉默无声，但表达在我看来却是必需的，就如同延伸在监狱高墙上方不断在风中摇曳的黝黑树枝要用绿叶和鲜花来表达自己一样。在我的艺术和世界之间存在着宽阔的鸿沟，但艺术和我自己之间却亲密无罅隙，至少我希望是没有的。

我们每个人所分得的命运是不同的。自由、愉快、娱乐、安适是你的命运，并且你是不配得到它的；我的命运是昭告天下的恶名，漫长的服刑期，是悲惨、毁灭、耻辱，并且我也不配得到它的——无论如何，至少时候不到。记得我过去常说，如果真正的悲剧穿着紫色的枢衣、戴着悲伤高贵的面具降临至我的生活，我必能迎候它，但是现代性的可怕之处在于它让悲剧披上喜剧之衣。于是伟大的现实似乎就变得或是平庸，或是怪诞，或是缺少风格，这是现代性真实的样态。很有可能，现实生活也只能如此。据说所有的烈士圣迹对于旁观者而言都是低劣的——这一普通法则对于十九世纪来说也毫不例外。

有关我悲剧的每一件事都那么荒谬，卑劣，令人厌恶，毫无品格。囚服令我们个个显得古怪荒唐，成了悲伤的小丑，心已被击碎。人们将我们特别处理以供逗乐。一八九五年十一月十三日，我从伦敦被带到这里。那一天从两点到两点半，我要穿着囚服、戴着手铐站在克拉彭枢纽站正中心的平台上受辱示众。在这之前，我刚被带离病房，没有人给我任何只言片语的通知，告诉我接下来要发生什么。在所有可能示众的目标物中，我是最滑稽可笑的。人们一看见我就发笑。每一列驶来的列车都满载乘客，他们快乐得无以复加——当然这是在他们知道我是谁之前。一俟他们被告知我是谁，他们笑得更欢。整整三十分钟我就站在那里被一群找乐子的群氓嘲笑着，淋着十一月绵绵的灰色秋雨。在这件事发生后的一年时间里，我每天都会在同一时间哭上半小时。你听上去这件事可能算不上悲剧，但对那些身陷囹圄的人，哭泣垂泪是每天生活的一部分。对于那些被投入牢房的人，不流泪的一天意味着是心肠发冷变硬的一天，而不是人心快乐的一天。

当然，现在我真正开始觉得自己对那些嘲笑之辈的惋惜多于对自己处境的追悔。当然他们当时看到的是披枷带锁不在神坛上的我，但只有天性缺乏想象力的人才只喜欢那些立在高坛上受顶礼膜拜的人。高坛的基座可能是件虚幻不真之物，而枷锁手铐呈现的却是了不起的现实。这些人本应知道如何更好地去解读悲伤，我曾说在每一个悲伤后面总掩盖着另一个悲伤，更明智的说法是每一个悲伤后面总掩盖着一颗灵魂。因此，以嘲笑一颗痛苦的灵魂为乐是件残忍的事情，他们这样做是不美的。根据这个世界上奇怪简单的经济法则，人们只能得到他们所给出的。因此，对于那些没有足够想象力以洞穿事物外表感知怜悯的人，除了表示轻蔑，你又能给予他们什么样的怜悯呢？

告诉你我是以什么样的方式被运到这里的，这样做仅仅因为我觉得，你应该认识到我从只剩下仇怨和绝望的惩罚中挖掘出别的什么来是多么艰难。但我不得不做到这点，而现在时不时我也有依顺和接受的时刻了。或许全部的春色会隐藏在一个花蕊里，云雀筑在低坡地的鸟巢可能预示着许多玫瑰色黎明即将破空而出的喜悦。因此，如果生活还能留给我什么样的美，或许它就隐含在投降、卑贱和屈辱的某一时刻里。无论如何，我至少还能在自我发展的轨道上前行，接受命运降临于我的一切，并使自己配得上它。

人们曾说我过于特立独行，然而和过去相比，我现在必须更加自我独立，必须更加自我发掘，不向世界索求。确实，我的毁灭不是来自生活中过多而是过少的个人主义。我生命中一个可耻的、不可原谅的并且在任何时候都可视作卑劣行径的就是，为了抵抗你父亲的迫害，我竟然允许自己被迫向社交寻求帮助和保护。从个体自立的角度看，向社会吁求保护以反对任何人都是一个足够恶劣的行径，即便要反抗的是一位性格和行为如你父亲这样的人物，又能有什么样的借口呢？

当然，我刚将社会力量调动起来，它就转过来问我："你不是一直在违抗我的法律吗，你现在却要寻求那些法律的保护？那你就应该将那些法律的作用发挥到极致，应该遵守你所求助的那些法律条文。"这些"忠告"的结果是我被投入监狱。过去我经常对始于治安法庭的三次庭审中自己的处境深感耻辱和讽刺。我经常看到你父亲忙碌地进进出出以吸引公众的关注，似乎担心人们会忽视或忘记他那马夫似的步态和着装，他的罗圈腿，抽搐的双手，外翻垂悬的下唇，如野兽般愚蠢的露齿笑容。甚至当他不在现场、退出人们视线时，我也能经常感到他的在场。对我而言，偌大法庭那空茫阴郁的四墙上——有时甚至连同空气本身——都好似悬挂着无数面具，如同他那张猿猴般的嘴脸。当然，没有一个人会栽得像我这样卑贱，并且是被如此卑劣的方式联手谋计的。在《道连·格雷》一书的某章中我曾说："一个人在选择他的敌人时，无论怎么小心都不为过。"我实在想不到自己会被一个贱民造就成了一个贱民。

你催促和强迫我向社会求助，这是让我深深鄙视你的原因之一，而最终顺从你也让我深深地鄙视自己。你不把我作为一名艺术家去欣赏是可以原谅的，这源于你的气质禀赋。但你本可以将我视作一名独立的个体，这并不需要多少文化。但你没有，并且你将庸俗植入生活，彻底抵抗着生活，从某些角度看是彻底地毁灭了生活。生活中的平凡之人并非不懂艺术，渔翁、牧人、耕童、农夫虽然对艺术一无所知，但他们才是大地之盐——大地的精华；而只会支持推动这个笨重盲目的社会机制，却识别不出人或变化中蕴含着的活力的人才是庸人。

人们认为我在晚餐时居然款待生活中的邪恶之物，并与它们相伴作乐，是一件糟糕可怕的事情。但就我以一名艺术家的身份接近这些邪恶之物而言，我觉得它们意味深长，令人激动和愉悦。这就如同和美洲豹共进晚餐，所含的危险只是激动的一半。当一名舞蛇者将眼镜蛇从花布或芦苇篮筐里引诱出来，命令它展开颈部皮褶，随后在空中如溪流中的一株植物般前后摇摆，他该是多么心醉神迷啊。我的感觉正是如此。在我看来，这些金蛇是最明亮聪慧的，它们的毒液恰是构成其完美自身的一部分。当你吹响舞蛇人的风笛，借此让你父亲付出代价时，我不知道它们最终要向我进攻。我并不为此感到丝毫的羞愧，它们太有趣了，真正令我感到羞耻的是你带给我的可怕的庸人氛围。作为艺术家的我是与埃里厄尔[1]同行的，而你却让我去和卡利班[2]搏斗，这使我无法再创作像《莎乐美》《佛罗伦萨的悲剧》和《圣妓》那样美丽多彩、悦耳动听的作品，只能被迫将律师的长信送给你父亲，也被迫去向我一直抗议反对的群体寻求帮助。克利本和阿特金斯在对生活发动的那场臭名昭著的宣战中表现出色，宴请款待他们的是一次惊世骇俗的冒险。大仲马、切利尼、戈雅、埃德加·爱伦·坡或波德莱尔也会同样行事。让我恶心的是，由你陪同不断地去找律师汉弗莱斯。在那座凄凉恐怖如鬼屋的灯光照射下，你我一脸严肃地坐着，对着一位秃顶的人一本正经地说谎言，直到我厌倦无聊得直打哈欠。在你我两年的友谊之后，

---

1. 埃里厄尔，莎士比亚戏剧《暴风雨》中的精灵。
2. 卡利班，莎士比亚戏剧《暴风雨》中丑陋凶残的奴仆。

我发现自己完全置身于庸俗市侩群的中心，已远离了一切美丽、灿烂、奇妙、勇敢的事物。最终，我只好以一个斗士的形象代表你站出来，捍卫高贵体面的生活行为、清心寡欲的生活方式和合乎道德的艺术创作。

令我感到奇怪的是，在主要性格方面你居然努力处处模仿你父亲。我不明白为什么他会是你的榜样，本来他应该是你的警示才对，除非是心怀恨意的两个人之间本来就存在某种或如难兄难弟一般的联结。我认为，相似之物之间存在着某种怪异仇视的定律令你们父子彼此憎恨，这并不是因为你们父子间的差异，而是因为在某种程度上你们如此相似。一八九三年六月，你带着一身的债务离开牛津，未获任何学位。欠债数额本身不大，但对你父亲这样的收入而言，是相当巨大的。你父亲给你写了一封充斥恶言秽语、言辞极其粗俗激烈的信，你的回信在每一方面都比你父亲更恶劣，当然也就更不可原谅，结果自然令你深感自豪！我非常清楚地记得，你带着最自负傲慢的神情对我说，你能在父亲"自己的行业领域"中击败他。这相当正确。但那是什么样的行业，什么样的竞争啊！你常常嘲笑你父亲为了给你表兄弟写一封肮脏卑劣的信，会从他正居住的你表兄弟的房子中抽身退离，跑到附近的一家旅馆去写信寄出。你对此行径嗤之以鼻，但你常对我做同样的事情。你总是要和我公开在某家饭店共用午餐，其间你生气愠怒，大吵大闹一通之后，会撤到怀特俱乐部给我写一封同样卑劣的信。你和你父亲之间的唯一不同，是你通过特别信使发出那封信几小时之后，本人又会出现在我房间。你不是来道歉，而是来探知我是否已在萨瓦定下晚餐，如果没有，还问为什么没有。有时候你充满冒犯之辞的信还未被展读，你本人就已先到了。我记得有一次你让我邀请你的两位朋友——其中一位我平生从未见过——到皇家咖啡馆共进午餐，我照办了，并应你的特别要求订下了一份极其奢华的午餐，让饭店着手准备。记得厨师是专门派人去请的，对葡萄酒还做了特别的交代和要求。结果午餐时分你没到咖啡馆，代之而来的是一封谩骂信，信抵达的时间预先掐好了，是在大家已等了你半小时之后。我读完信的第一行就明白了怎么回事，立刻把信放进口袋，对你的朋友解释说你突然染病，信的其余部分写的都是你的症状。事实上，我直到换装准备参加在泰特街举行的晚宴时才将那封信取出续读。一团乌七八糟烂泥似的信啊！我读到一半，无限悲伤地寻思着，你怎么写得出这样的信，简直就像癫痫病人发作时嘴角渗积白沫般恶心。这时，我的仆人走进来告诉我，你正在楼下大厅焦急地想要见我，哪怕就五分钟。我马上传话下去让你上楼。你到了，我得承认你看上去非常恐惧，面色苍白。你乞求我的建议和帮助，原因是你被告知有一位来自拉姆雷的律师正要求得到你在卡德干的地址，于是你害怕牛津的麻烦事及某些新的危险会威胁你。我宽慰你，告诉你这样的事情最终可能证明只不过是与哪个商人的账单有关，并且让你留下共用晚餐，整个晚上你都和我在一起。你对那丑恶的信只字未提，我也未说一字。

我仅把它视作一种不快乐性情的阴郁症候，此事从此再未被提及。

下午两点三十分给我写一封令人讨厌恶心的信，然后同一天的七点十五分又飞奔到我这里寻求帮助和同情，这在你的生活中是极其普通的事情。在此种习惯上你已远远超过你父亲了，在其他方面也是如此。当你父亲写给你的那些令人作呕的信件在法庭上被公开朗读时，他自然感到羞愧并假装哭泣。假如你写给你父亲的信件也由他的律师公开朗读，众人将会感到更加恐怖和恶心。不仅仅在风格上你是"以其人之道还治其人之身"，并且在进攻的方式上你也远胜你父亲——你是利用公开电报和明信片的方式。我觉得你应该将这种麻烦事抛给诸如艾尔弗雷德·伍德这样的人，这是他们生活收入的唯一来源。难道不是吗？对于伍德和他那个阶层而言，这是赖以为生的职业，而这对你来说是一种愉悦，并且是一种非常邪恶的愉悦。由于信件问题，我变成了这样，但你也没有放弃写恶信这一糟糕可怕的习惯。你仍然将其视为你的一大成就，并将其施展于我的朋友们和我入狱之后善待我的人们身上，如罗伯特·夏拉德和其他人。你这种行径真是可耻。罗伯特·夏拉德收到我的信后告诉你，我不希望你在《法兰西信使报》上发表任何关于我的文章，不管随文附不附我的信件。你应该对他满怀感激，因为在这点上他表明了我的愿望，免得你对我施加更多的痛苦——你给我添加的痛苦已经够多了。你必须记住，一封以赞助人的口吻写的呼吁公众要对"落魄者"讲"公道"的平庸之信，对于一份英国报纸来说问题不大，因为英国新闻业在对待艺术家们的态度上仍能秉承古老的传统。但在法国用这样的口吻写的一封信将会曝我于众人的嘲笑戏弄中，同时也会令写信的你倍受蔑视耻笑。我不会允许任何有关我的文章发表，除非我知道该文的目的、口气、行文方式及其他诸如此类的事情。对艺术来说，好意图的价值不值一提，所有坏艺术都产生于好意图。

在我的朋友们中，罗伯特·夏拉德也不是唯一一位受你尖刻信件攻击的人，就因为在涉及我自己的事情——诸如发表有关我的文章、你要献给我的诗歌、我的信件和本文件的交出等等——时，他们坚持必须咨询我本人的愿望和情感。你已惹恼了别人，或者说你是一心想找别人的茬。

你可曾想到，在过去两年可怕的服刑期内，如果我将你作为一个朋友来依靠，我的处境将会多么可怕？这点你可曾想过？我的朋友们以慷慨的善良、无限的忠诚，在黑暗的岁月里用欢笑和快乐为我减轻重担。他们一次次地到监狱来看我，给我写满篇是同情的美好信件，代我处理各项事务，为我安排未来的生活。在有人咬牙切齿地辱骂嘲笑我、公开地讥讽侮辱我时，他们站在我的身边。你可曾想过要对他们表达一丝谢意？我每日向上帝致谢，感谢他赠我朋友而非你。多亏了我的朋友们，我才有了今天的一切。我囚室中的书籍是罗比用零花钱为我买的，他还将用零花钱为我购置出狱后要穿的衣服。我会不带一丝羞愧地接纳送给我的饱含爱意的礼物，我为它倍感骄傲！但是你是否曾经想过，我的朋友们——如莫尔·安迪、罗比、罗伯特·夏拉德、弗兰克·哈瑞斯和亚瑟·克雷夫顿——在给予我安慰、帮助、爱意、同情和其他类似情感时对我意味着什么？我估计你大概永远不会明白。然而——如果你有一点想象力的话——你将会知道在我囚徒生涯里不止一个人对我施以善意，包括那位向我道晨安或晚安的监狱看守人，做这些并不在他被指定要完成的职责里；还有那些警察们，在我神志恍惚、被痛苦地来回遭送于破产法庭时，是他们以质朴粗犷的方式努力安慰我；还有那位穷困的小偷，当我们在旺兹沃什监狱庭院放风走路时，他认出了我，用因长期监禁而变得沉闷粗哑的声音对我低语道："我为你感到难过，和我们这类人相比，这里的生活对你们这类人更艰难。"我敢说，以上这些人中没有一位鞋上的污泥不值得你充满骄傲地跪下为他们清理干净。

对我来说，遇上你的家人是个多么可怕的悲剧！你有足够的想象力明白这一点吗？任何一位有很高社会地位和社会名望的人将失去他一生的重要之物，那是何等残酷啊？除了珀西，你们家长辈里鲜有的好人，他好歹没有在我的毁灭事件中落井下石。

我曾怀有几许愤懑地和你说起过你母亲，并且强烈建议你让她读这封信，主要是为了你自己的缘故。如果展读这样一封控诉她儿子的信令她痛苦，那么请她想想我的母亲——一位与伊丽莎白·巴雷特·勃朗宁心智不相上下，与罗兰夫人有着历史渊源的母亲，她最终心碎而死，因为她的儿子——她一直引以为豪的饱含艺术创造力的天才儿子，她一直希望能将显赫的家族荣名传承下去的优秀儿子——最终被判要服两年的狱中苦役。你会问我你母亲用什么方式导致了我的毁灭，让我来告诉你：正如你尽力将你的丑陋行径转嫁于我，你母亲的行为也与你如出一辙，她将所有与你相关的丑陋行径转嫁于我。她没有像母亲应该做的那样就你的人生与你开诚布公地谈心，相反，她总是秘密地给我写信，同时意切却又惶恐地请求我别让你知道她在给我写信。现在你明白我在你们母子之间被迫处于什么样的位置了吧，这与我被夹在你和你父亲之间的位置同样虚妄、荒诞和悲哀。一八九二年八月，及同年的十一月八日，我和你的母亲有两次关于你的长谈。每次我都问她为什么不找你本人直接说，而她的回答都是一样的："我害怕。因为每次和他说，他都暴跳如雷。"我第一次听到时，由于对你不甚了解，我不明白她的意思；你母亲第二次这样说时，我已对你知之甚深，完全明白她的意思了。（这期间你得了黄疸病，应医生要求去伯恩茅斯一周，你诱劝我陪你去，因为你痛恨孤单一人前往。）然而，作为母亲的第一要职，是不能害怕和儿子进行严肃认真的谈话的。假如你母亲在一八九二年七月能和你严肃地谈谈她所知道的你的困境，并能让你将全部真相告诉她，那对你俩都要好得多，并且最终你俩的结局也会幸福得多。她所有与我秘密进行的交流都是错误的、不光彩的。你的母亲没完没了地给我寄来小便条，信封上标注"保密"二字，恳求我不要如此频繁地邀请你赴宴，不要再给你任何金钱，每张便条结尾都添一句恳切的附言："绝不要让阿尔弗雷德知道我曾给你写过信。"你母亲这样做有什么用呢？这样的通信往来又有什么益处呢？难道你曾干等着应邀赴宴吗？从来没有。你想当然地以为你与我共用一日三餐是天经地义的。若我表示反对，你总是一句同样的回答："如果我不和你吃饭，我到哪里去吃饭？你不是要我回家吃饭吧？"这是个无法回答的问题。如果我断然拒绝你和我共进三餐，你总威胁我要去干蠢事，并且你总能做到。除了将那些愚蠢致命的道德责任转嫁到我的肩头，从诸如你母亲寄给我的信件里又会产生什么可能的结果呢？有关你母亲的软弱和缺乏勇气的诸多细节我不想再说了，尽管她这些弱点对她自己、对你、对我都已证明是毁灭性的。但有一点可以肯定，就是在听说你父亲到我家令人生厌地大吵大闹，制造了一个公共丑闻后，她当时本可以看出一场严重危机正在逼近，但她可曾想过要采取一些严肃的措施努力避免危机的爆发？她所能想到的全部，就是派能说会道的乔治·温得海姆过来，以他如簧的巧舌向我提议……你猜提议什么？就是让我"逐渐同你断绝关系"！好似我有可能逐渐摆脱你！

　　我曾试过以各种可能的方法结束我们的友情，甚至真的离开英格兰，留下一个假住址，以期一刀了断这种令我厌恶憎恨并给我带来致命灾难的关系。你认为我能够"逐渐摆脱"你吗？你认为这会让你父亲满意吗？你知道这是不能也不会的。你父亲真正想要的不是你我关系的中断，而是一个唯恐路人不知的丑闻，这就是他一直在努力求索的。他的名字已几年未在报端出现了，现在他看到有个机会，能让自己以全新的形象——一位慈爱的父亲的形象出现在英国公众面前，这激起了他的幽默感。如果我中断和你的友谊，他肯定会大失所望。第二桩离婚案泛起的那些并不严重的恶名想必难以令他感到满足，尽管其细节和起因是那么让人反胃。因为他的目标是要声名远播，按英国公众现有的条件，以一位"捍卫生活纯洁性的斗士"——这个人们使用的名号——的姿势出现在公众视野中，是现阶段成为英雄人物的最可靠的方式。我曾在一部戏剧中称这样的英国公众上半年是卡利班，下半年就是答尔丢夫[1]，而你父亲可以说是兼具上述两个形象的特征，这令他成为具有攻击性和特点最为鲜明的清教主义的恰当代表。因此，逐渐与你中断关系的做法哪怕是可行的，对你父亲益处也不大。你现在难道不觉得，你母亲本来可以做到的唯一一件事，是让我过来找她，再让你和你的哥哥一起到场，然后明确地说你我之间的友谊必须彻底中断？她将会发现我是她这一建议最热烈的拥趸，并且有德莱姆兰瑞格和我本人一起在房间，她不需要害怕和你说话。但你母亲从未这样做过，她害怕担当应由她担当的责任，反倒将责任往我身上推。她的确给我写过这样一封信，很简短，让我不要将律师警告你父亲要收敛其乖张行为的信转给他。她做得对。现在看来，我咨询律师并寻求他们的保护

---

1. 答尔丢夫，源自法国剧作家莫里哀的同名喜剧中的人物，后代指虚伪的信徒、伪君子等。

是多么荒唐。但你母亲又故伎重施，在信后附言："绝不要让阿尔弗雷德知道我曾给你写过信。"这样一来，她的信本来能起的效果又被她自己亲手给毁了。

你对我将律师的信送给你父亲和你本人的打算大喜过望，因为这是你的建议。我没法告诉你，你母亲是强烈反对这样做的，因为她已让我许下庄重的诺言，永远不告诉你她曾写信给我，以此将我捆绑，而我竟愚忠于此承诺。难道你没看出来她不直接与你谈开来是错误的吗？她所有与我的秘密见面和往来于区域门牌间的通信不也是一场错误吗？没有人能将自己的责任推给别人，这些责任最终总是要回归原主的。你的人生观和哲学观——如果那也配称人生观和哲学观的话——就是无论你做什么，都是别人替你埋单支付；我并不单指经济层面上的——这只不过是你的人生哲学在日常生活中的实际应用——还指最广泛、最完整意义上的责任转嫁。你将此作为自己的信条，到目前为止，这一信条的运转异常成功。你强迫我采取行动，因为你知道无论如何你的父亲不会攻击你的生活或你本人，而我会最大限度地保护这两者，并用双肩担起任何扔向我的重担。你如愿以偿，你父亲和我正做了你指望我们做的事情，当然是出于不同的动机。但是不管怎样，从某种角度看，你并没有真正逃脱。你那套"婴儿撒母耳理论"——为简洁起见我们可以这样称呼它——对于社会整体大众而言简直天衣无缝。在伦敦，人们对它嗤之以鼻，在牛津，人们对它讥讽嘲笑，但这仅是因为以上两地都有一些了解

126

你的人，并且在每一处你都留下了你所作所为的痕迹。除了这两地的一小圈人之外，整个世界都将你视作人美心好的年轻人，不幸受一位邪恶堕落的艺术家的引诱做了错事，这时，他善良而充满爱意的父亲挺身而出拯救了他。这听起来不错哦。然而，你知道自己是逃脱不掉的。我并不是指一名愚蠢的陪审员提出的愚蠢问题，那当然会为起诉方和法官所不齿，没有人会在乎的。或许我指的主要是你本人。在你自己眼里，某一天你将不得不思考自己的所作所为，对目前酿成的结果你不会也不可能会感到满意。在你一人独处抚思自己秘密的时刻，肯定会有千般羞耻涌上心头。那张恬不知耻的厚脸皮用来展示给世界倒是一流，但我猜想，在偶尔没有观众只剩你一人独处的时候，你总要摘下面具吧，哪怕仅是为了呼吸的缘故。否则，的的确确，你将有窒息之虞……

同样，你母亲也一定会时常为把本应由自己承担的重大责任推给别人而后悔，何况那位承接她推卸的责任的人本身已重负满身。她一人顶替了双亲的位置，但她真的完成了其中任何一方的职责吗？如果我曾经忍受过你的暴怒，你的无礼，你的当众取闹，她可能也有过同样的遭遇。当我最后一次看到妻子时——那是距今十四个月前——我告诉她，她可能既要做西里尔的母亲，也要做他的父亲。我把你母亲与你相处的种种细节告诉了妻子，正如我在这封信里写的那样，当然会更详细一些。我告诉她为什么过去常常会有信封上标着"保密"二字的便条源源不断地从你母亲那里送到泰特街。这种情况一直持续着，我妻子甚至开玩笑说我和你母亲肯定在合著哪本社会小说或类似的什么东西。我请求她不要像你母亲对待你一样对待我的西里尔，并且告诉她应该这样将他抚养成人：如果他让清白人流了血，他得过来告诉妈妈，妈妈可先为他洗净脏污了的双手，随后教他如何靠苦行或赎罪来洗净自己的灵魂。我对妻子说，如果她害怕直面另一生命的责任，哪怕是她自己孩子的，她可找一位监护人帮助她。我很高兴地告诉你，我妻子已做了这件事：她选择了表兄安德里亚·霍普——一位出身高贵、富有教养、品行优良的绅士，你曾在泰德街见过一面。有霍普做监护人，西里尔和维维安极有可能拥有一个美好的未来。如果你母亲真的害怕与你严肃地交谈，她本可也在自己的亲戚朋友中选择一位你会听他话的人作为你的监护人。无论怎样她本来不应害怕，而应开诚布公地与你谈一谈出现的问题，与你一起面对它。无论怎样，看看结果吧，你母亲满意了吗？高兴了吗？

　　我知道你母亲在埋怨我。这些我听到了，不是从认识你的人，而是从那些不认识你也没有兴趣了解你的人那里听说的。我经常听到你母亲的诸多言论，比如她会大谈特谈年龄大的人如何影响年龄小的人。这是针对该问题她最喜欢采取的一种态度，而该态度总会成功地迎合大众的偏见和无知。我无须追问你我对你有何影响力——你知道丝毫没有，这是你经常夸口说的，并且也是你唯一一个有充分理由支撑的言论。事实上，你身上有什么是我能够影响到的？你的大脑？它还未充分发育。你的想象力？它已死亡。你的心？它还未诞生。我生命中所有遇见的人当中，你是一位也是唯一一位我无法在任何方面施以影响的人。当我因照看你染疾病倒，孤苦无助地卧榻发烧时，我甚至连让你给我倒杯牛奶的影响力都没有，也无法施加影响来让你看到我需要给这间病房配备普通的生活必需品，或让你不嫌麻烦驱车几百码到一家书店为我购买一本书，当然购书款是由我本人支付。当我确确实实醉心于写作时，我能写出文采上胜过康格里夫，寓意哲理方面超过大仲马的喜剧，写出在其他任何品质方面都不会逊色于任何人的作品。但我就是没有足够的影响力让你别来打扰我，让你给一位艺术家留下他理应享有的创作的清净。不管我的书房在哪里，它对你都是一间普通的起居室，你会在其中任意抽烟，喝酒饮水，聊天扯淡。"年长者对年少者产生的影响力"的确是一个优秀理论，但在我亲耳听说之后，它则成为一则奇谈怪论。当然，当它传至你的双耳，我猜想你会对自己会心一笑。你当然有资格这样做。我也听到你母亲在花钱方面的诸多言论。她说自己一直不断地请求我不要给你钱，我承认她在这点上说得很对。她没完没了地给我写信，信后总附言"求求你，别让阿尔弗雷德知道我曾给你写信"，封封如此。但是，要为你支付包括从清晨的刮脸修面到午夜的双轮马车在内的一切费用，这对我来说毫无乐趣可言，相反，实在是一件可怕讨厌的事。关于这点，我曾向你一遍遍地抗议。我曾告诉你——你还记得，对吗？——我是多么厌恶你将我看成是一位"有用处"的人，怎么可能会有艺术家希望被人认为有用或被当作工具对待呢？正如艺术本身一样，艺术家的根本特性就是无用。当我这样告诉你时，你通常是大发雷霆。真理总会令你勃然大怒。确实，真理是一件听上去和说出来都极其痛苦的事情，但它仍没法令你改变观点或生活方式。每一天我都不得不为你支付一整天的每一笔开销。只有一位天性好得怪异或蠢得无话可说的人才会这样做，而我不幸是这两者的完全结合。我曾经向你建议，应该由你母亲给你想要的钱，你总是非常漂亮优雅地回答：父亲应允给你母亲的收入——我想一年大约一千五百镑——不足以支付处于你母亲这样地位的一位夫人的日常开销，因此你不能再向她要更多的钱。是的，你母亲的收入完全无法和她的身份品位相对应，你说得完全正确，但这不该是要我向你提供奢侈无度生活的理由。恰恰相反，这正是在提醒你，应该好好想想自己生活的经济水平。事实上，过去你是一个典型的自作多情的人，我猜现在你依然是这样的人。因为，所谓的自作多情的人，就是渴望一场情感的盛宴，却不愿为此支付一厘半毫。你提议放过母亲的钱包，这不啻一桩善举，但用我的钱包来实现你的提议是丑恶的。你以为一个人可以不付出就能拥有另一个人的感情，这是不可能的。哪怕是最细腻精致、最富有自我牺牲精神的情感，也必须是要偿还的。奇怪的是，正是这种偿还使得这些情感变得优雅精致。普通人的智力和情感生活是可鄙的事情，正如他们自己的想法是从流动思想图书馆中借来的——那些想法属于一个没有灵魂的年代——到了周末他们就将已受污损的、借来的想法返还。这样他们的情感总赊欠着，当账单送达时他们拒绝支付。你应该要远离这一生活理念了。一旦你不得不偿还一种情感时，你才会知道那份情感的质量，并且这份了解会使你成为一个更好的人。记住，一个自作多情的人总带着一颗犬儒的心，自作多情仅是犬儒主义的法定假日。尽管犬儒主义的智力思辨令人愉快，但既然现在的犬儒们已离开木桶走向俱乐部[1]，那么它只有对于一个没有灵魂的人来说才是一种完美的哲学。这一哲学有其社会价值，而且任何表达方式对于一名艺术家来说都是生动有趣的，但就其本身而言它是贫乏肤浅的，因为世界并未向一名真正的犬儒者昭示什么。

　　我想如果你现在再回忆一下你对母亲和对我的收入的态度，就不会如此自视甚高了吧。或许某一天，即使你不把这封信给你母亲看，也可以向她解释这一事情，即你靠我的收入度日根本没有事先征询过我的意见。这仅是你忠诚于我的一种奇怪的方式，但就我个人而言，这种方式是最令人烦恼的。你让自己的开销无论巨细都依赖于我，这一做法在你眼里具备所有童年的魅力。你觉得，坚持要我支付你每一笔寻欢作乐的开销，让你找到了永恒青春的秘密。我承认，当听到你母亲有关我的议论时，我痛苦不已。如果她对你们家族带给我的家族的毁灭没有任何懊悔悲伤之语，那就请她至少保持沉默吧，这样会更好些。在进一步的反思之后，我想你是会同意我这个观点

---

1. 原文为 now that it has left the Tub for the Club. 犬儒主义是古希腊的一个哲学流派，提倡克己自制，鄙视金钱和享受。该学派的创始人是伊壁鸠鲁，传说他以木桶为家。

的。当然，没有理由要求你母亲能明白蕴含在这封信中我精神方面的成长发展，或任何我所希望达到的新的起点，这不会令她感兴趣。但如果我是你，我会将信中与你密切相关的内容拿给她看的。

事实上，如果我是你，我不会在乎被错爱一场。一个人没有理由要向世界展现他的生活，世界并不知晓世事；但对那些我们渴望虏获其爱慕之心的人们，我们又会采用不同的态度。我的一位伟大的朋友——我们彼此已有十年交情——不久前来看我，他说自己对所有强加于我的指控一概不信，并希望我知道他认为我是完全清白的，只是不幸成为你父亲策划的一起可恶事件中的牺牲品。我失声痛哭，对他说，尽管你父亲言之凿凿的指控中有很多不符事实，是出于令人作呕的邪恶用意转嫁于我的，但我的生活仍充满了有悖常情的乐趣和怪异难解的激情；除非他将上述这件事作为事实接受下来并充分认识到它的真实性，否则我将不可能再和他做朋友甚或与他交往了。这对他是一个可怕的震击，但我们是朋友，我当初不是用虚假的理由获得他的友谊的。我曾经和你说过，讲真话是痛苦的，但被迫说谎更为痛苦。

我记得最后一次公开宣判的情景：我坐在被告席上听洛克伍德对我的骇人听闻的谴责——那就像塔西佗历史叙事中的一个片段，像但丁诗歌中的一个诗章，像萨沃那洛拉[1]对罗马教皇们的一个控诉——这些谴责令我惊骇恐惧，甚至恶心得想吐。突然我想："如

---

1. 萨沃那洛拉（1452—1498），意大利多明我会宣教士，宗教政治改革家。1494年领导佛罗伦萨人们起义并建立该城民主政权，后被教皇阴谋推翻后判火刑处死。

果我自己这样来说自己，那将是多么光辉灿烂啊！"于是当时我马上明白，一个人被说成什么无关紧要，关键是谁在说。我毫不怀疑地坚信：一个人生命的顶点是他双膝跪在尘土中，捶打胸膛，倾吐生命中所犯下的所有罪孽。这也适合你。无论如何，你若能让你母亲从你那儿多少知道一些你的生活，你将会感到更快乐。一八九三年十二月我对你母亲说了很多有关你生活的"逸闻趣事"，但是当然不得不有所节制，很多事情只是泛泛而谈，点到即止。这样的交流似乎没有给你母亲更多的勇气来处理你们的关系，反而使她比以前更加执拗地逃避真相。但如果是你本人告诉她，情况会有所不同。我的话在你听来可能太尖刻了，但是事实不容否认，就是如我所说的那样，如果你能按你应该做的那样仔细地读这封信，你将会面对面地和你自己相遇。

　　我现在给你写这封长信，就是为了让你能够意识到：在我入狱之前，在与你共处的那致命的三年，你在我眼里是什么样的人；我入狱期间你对我又意味着什么；不到两个月我的服刑期就将结束，当我刑满释放后，我希望对自己和其他人来说自己又是怎样的一个人。我无法重新构思或重写我的信，你必须原封不动地接受它，尽管很多地方因被泪水打湿而模糊，一些地方因激情或痛苦的奔涌也显示不清，你要尽最大努力将模糊不清处、涂改订正处及所有其他异样之处一一辨析。我已完成对错误的修改和订正，为的是我的文字必须完全是自己思想的表达，不会因为冗赘或不充分而出现偏差。

语言必须进行协调，就像必须为一把小提琴调音。而且正如对一位歌手的颤声或一根琴弦的颤音来说，过度与不足都会伤及乐曲的表达一样，过多或过少的文字也将会破坏表情达意。照这样的情况，我信中的每一个词组无论如何在其背后都有确定无疑的含义，毫无修辞性的浮词丽藻；凡是有擦抹或替换的地方，无论如何微小或如何复杂，都是因为我在试图表达我真正的印象，寻找能精准地表达心情的对应词。首先感觉到的事物总是在最后才呈现其形式。

我承认这是一份严厉的信，我没有饶过你。我承认我将你本人与我最细微的忧伤、最轻贱的损失相提并论，确实会让你觉得不公平。但我确实就这样做了，还顾虑重重、尽可能仔细地分析检测了你的本性。你的指控是可以成立的，但是你必须记住，是你将自己放在天平上称量的。

你必须记住，如果仅和我入狱服刑的一个时刻相比，你所处的那一端天平就会轻得翘起来。虚荣心使你选择与我处于天平两端，也使你紧抓住这架天平不放。我们的友谊存在着一个巨大的心理错误，即你我心理状态完全不成比例。你强行闯入一个对你而言过于巨大的生活领地，它的轨道远超过你目力所及的范围，也超过你环行移动的能力，融于这种生活的思想、激情和行动有着强烈的意义，有着宽广的兴趣与忧虑。确实，这种生活充满了过于浓烈的或喜或悲的后果，你那点缀着个人细小怪念的生活在它自己的小范围内是令人称奇的。它在牛津曾是如此。对你而言，那里生活最坏的结果只不过是来自学监的一顿呵斥或是来自院长的一次训话，那里最令人激动的时刻是麦格德林学院在赛艇中折桂，大家点燃方院内的篝火庆祝这一庄严事件。这样的生活本应在你离开牛津后仍在你的小圈子里继续。就你本人而言诸事皆好，你是一个极其完整的摩登青年的标本，只是当涉及我时你才是错的。你毫无忌惮的奢华不是犯罪，因为青春总是奢华的，而你强迫我为你一切奢华享受埋单才是可耻丢脸的。你想有一个晨昏共度的朋友，这一想法如诗如画，迷人之至，但你紧缠不放的朋友不应该是一位作家，一位艺术家。因为你形影不离的追缠令他的创造力瘫痪，彻底毁灭了他所有美丽的作品。你当真认为度过良宵的最完美方式是以萨瓦的香槟晚宴为始，随后是音乐厅包厢，再后是以威利斯的香槟夜宵作为一天的最后一口美味，这也没什么错。成群结队、兴高采烈的伦敦年轻人都会持相同意见，这一丝一毫都不反常。但你没有权利要求我为你的享乐欢宴提供佳肴酒水，这样做只能说明你对我的天赋缺乏真正的欣赏。再者，你们父子俩的龃龉，不管人们如何考量它的性质，有一点是显而易见的，即这完全是你们两人之间的问题，你们的争吵本应在自家后院进行。我相信此类吵架通常都是这样解决的。你的错误就在于你不依不饶地坚持要将它作为一出悲喜剧搬上高高的历史舞台。在这场可鄙的竞争中，你将整个世界当作你们的观众，将我本人作为献给赢家的奖品。但事实上，你们父子交恶对英国公众并不是一件有任何趣味的事情，类似的情感在英国家庭生活中非常普遍，它应该只限于专属领域：家庭。离开这个领域，此种情感就不合时宜了，将之详加解释是对社会的一种冒犯。家庭生活不是可在大街上招摇夸耀的一面红旗，不是一只可在房顶上嘶哑吹奏的号角，你将家庭生活带出了它恰当的领域，正如你将自己带离了你恰当的领域。

那些脱离了自己恰当领域的人仅仅改变了周围环境，并没有改变自己的本性。他们并没有获得适合新领域的思想和激情，他们没有这一力量。正如我在《意图》一书中说过，情感的力量在持续度和剧烈度上与物理能量一样有限。尽管踩葡萄汁的农人站在没膝的、从西班牙石砌的葡萄园里采摘来的葡萄堆里，勃艮第所有的酒瓮盈满了紫色的葡萄酒，但铸造成的小酒杯也只能盛这么点，它无法再盛更多。世上再也没有比这更普遍的错误了，即认为那些引起伟大悲剧或处于其中的人也同样分享着伟大悲剧的境界——再也没有比这种奢望更致命的错误了。"烈火当衣"的殉道者看到的或许正是上帝的面容，但对于那些正在架柴堆或放原木准备点火的人而言，整个场景不过类似于屠夫宰杀一头牛，或是烧炭者在林中伐倒一株树，或是刈草者用长柄镰刀割倒一朵花。伟大的激情是为伟大的心灵而生的，伟大的事件只能被那些与它们站在同一高度的人看到。

从艺术视角，或是细致入微、引人遐思的观察角度来看，在所有的戏剧中，没有什么能与莎士比亚的罗森格兰兹与吉尔登斯坦相媲美。他们是哈姆莱特的大学朋友，一直是王子的同伴，三人共享着对过去快乐时光的美好记忆。在剧本中，他们与哈姆莱特的相遇，恰好是在后者正承受着他的禀赋难以承受的重荷，几近崩溃的时候。死者身披盔甲从坟墓中出来，强交给王子一项既伟大又卑劣的任务。王子是一位梦幻者，但现在受召唤要成为一名行动者。他有着诗人的天性，现在却被要求处理凡庸的因果问题带来的复杂局面。王子对日常事务的运转几乎一无所知，他知道的是理想生活的精髓。王子对于要做什么没有概念，他的愚蠢在于假装愚蠢。布鲁图曾以疯狂为斗篷隐藏他目的的宝剑和意志的匕首，但对于哈姆莱特来说，疯狂仅仅是掩盖他弱点的面具。在大扮鬼脸怪相和插科打诨之中，他看到了延宕的机会。他不断摆弄自己的行动力，就像一位艺术家把玩一个理论。他令自己成为自己行动的监视者，自己话语的倾听者，但他知道那些只不过是无用的"话语，话语，话语"罢了。相比那些成为创造自身历史的英雄，王子寻求的是成为自身悲剧的看客。他不相信任何事物，包括自己，但是他的怀疑对自己无甚帮助，因为那不是来自怀疑主义而是来自一个分裂的意志。

关于这些，罗森格兰兹与吉尔登斯坦一无所知，他们点头哈腰，傻笑真笑，一人说句什么，另一人就变本加厉病态地重复着。最后，通过"戏中戏"和偶人们的闲混嬉戏，哈姆莱特终于"逮着了国王的良心"，令那个恶棍仓皇逃离他的王座。罗森格兰兹与吉尔登斯坦将王子的这一行为仅看作对宫廷礼仪令人心疼的破坏，这就是他们"以恰当的情感思考生活奇观"所能达到的限度。他们非常接近王子的秘密，但对该秘密一无所知，哪怕明白地告诉他们也不起作用。

他们就是只能盛这么一点的小杯子，再多也装不下了。戏的结尾暗示两人都落入了本是为另一人所设的狡猾的圈套，可能已经或将会突然毙命。但是这种悲剧——尽管掺着哈姆莱特带点喜剧式的惊讶和正义的幽默——的结尾绝不是为了他们而设的，他们永远不会死。而那位为了"正确地报告哈姆莱特的死亡和他未了事业"的霍拉旭却死了，尽管王子要求他：

> 先暂时放弃他的至福，
>
> 在这个严酷的世界痛苦地苟延残喘

尽管不是在观众面前死去，也没有留下兄弟。但是吉尔登斯坦与罗森格兰兹会像安杰罗和答尔丢夫那样不朽，并且会与他们并列名人堂。他们是现代生活对古典完美友谊的一大贡献。写一篇新的《论友谊》的人必须将他们放置壁龛，并且用图斯库兰的散文风格将他们称颂——他们是属于所有时代的典范，指责他们只表明说话者缺乏欣赏力。他们仅是脱离了自己领域的人，这就是故事的全部。心灵的崇高是不会传染的，就本质而言，高尚的思想和情感是孤立的。奥菲利亚本人不能明白之事也不会被"吉尔登斯坦和温和的罗森格兰兹"或"罗森格兰兹与温和的吉尔登斯坦"所理解。当然，我并不打算把你和他们比较，两者差异太大了。他们的境况全凭运道，而你是选择如此。你怀揣企图，未经我的邀请，就强行将自己推入我的领地，篡夺了一块你既无权又无资格居住的地方，并通过一种奇异顽固的坚持，将你自身的存在强行转变为我每天生活的一部分，最终成功地吸取了我全部的生活。对我的生活而言，你所做的这一切不亚于将之击成碎片。这话你听起来可能觉得奇怪，但你这么做其实是极为自然的。如果一个孩子得到了一件玩具，而他的小脑袋还理解不了那玩具多么有意思，半睡半醒的眼睛也看不出那玩具多么美丽，那么这孩子若是固执任性的，他便会打碎那玩具，他若是无精打采的，便会任其掉在地上，自己转身去找别的玩伴。你也是这样。你攫取了我的生活却不知如何与之共处，你根本就不可能知道，我本人生活的精彩和美丽不是你能把握的。你本可以放手让它从指尖滑落，转身去找你的玩伴，但不幸的是你任性随意地将它击碎了。细数你我之间发生的每一件事情，可以说，这或许就是你我之间一切纠葛的终极秘密。因为秘密总是小于其纷呈表现，世界会因一个原子的移位而摇晃。以上这些我可能不会饶恕你，但我更不会饶恕我自己。凭这一点我再加一句：你我相遇是危险的，我们相遇的那特定的一刻对我是致命的。因为在那一刻，你只不过处于生命的播种期，而我的生命恰恰到了它的收获期。

另外，还有几件事我必须写信告诉你。第一件就是我彻底破产了。几天前，我获悉你们家现在要还清你父亲的债务是太迟了，并且是非法的，我目前的痛苦处境必须还要持续相当一段时间。我承认对这一消息极其失望，倍感痛苦。因为立法当局确定，没有破产产业管理人的允许，我甚至不能出版一本书，所有的账目都必须上交给破产产业管理人。我不能与任何一家剧院的经理签约，即使上演任何一部戏剧也得将所得收入票据转给你的父亲和我的其他几位债权人。我想，现在甚至连你也将承认，用让我破产来与你父亲"抬杠"的计划，结果并没如你想象的那样获得真正意义上灿烂全面的成功，至少它对我可不是。这样充斥辛辣讽刺的局面让我始料未及，一贫如洗的我感受到的痛苦和屈辱本应有人过问，你不该只顾自己的幽默感——不管那所谓的"幽默感"是多么尖刻和出乎意料。事实上，在任由我破产、敦促我打第一场官司这事上，你的所作所为正中你父亲的下怀，你所做的正是他想让你做的事。他原本孤单一人，无人帮助，从一开始就势单力薄，正是你本人——尽管担任如此可怕的要职并非你本意——成了他最主要的同盟者。

莫尔·安迪写信告诉我，你去年夏天曾不止在一个场合表示，你渴望能"对我为你的付出偿还点什么"。我回信对他说，很不幸，我为你已花掉了我的艺术，我的生命，我的名声和我的历史地位。如果你的家族支配着这世界所有的奇妙之物，或是被这世界视作奇妙的一切事物，诸如天才、美貌、财富、高位之类，哪怕将它们都放置在我的脚下，也不及我最微小损失的十分之一，或我曾流过的眼泪中最小的一滴。当然，人们做的每一件事都是必须偿还的，即使破产了也不例外。你似乎认为破产事实上是"让他的债权人出洋相"，是一个人逃避债务的方便之途。恰恰相反，如果我们沿用你最爱用的词组"出洋相"来说，破产恰是让债权人"出债务人的洋相"。由于破产，法律可以没收一个人的全部财产来强迫他偿还每一笔债务，如果他无法做到，法律就可使该人一文不名，让他像一个最普通的乞丐那样站在拱道里或沿路爬行着伸手讨要施舍——不管怎样，在英格兰他是害怕索要施舍的。法律不仅剥夺了我曾拥有的一切——我的书籍、家具、图画、已出版作品的版权和戏剧的版权，而且从《快乐王子》到《温德米尔夫人的扇子》到楼梯地毯到房子的刮门器都被没收了，连我未来能够拥有的也被夺走——比如我在婚后夫妻财产处理协议中的权益也被出售了。幸运的是，我通过朋友们的帮助将它买了回来，否则万一妻子逝世而我还活着，我的两个孩子将像我一样身无分文。我们爱尔兰地产的利息估计也会紧步后尘，这份家业是从我父亲那里合法继承的，出售它令我痛苦万分，但我不得不屈从。

是你父亲的七百便士——或七百英镑是吗？——在我生活中作梗，我必须偿还。甚至当我被剥夺了所有的一切，将有的一切，最终作为一名了无希望的破产者获赐刑满释放证时，我仍将偿还我的债务。在萨瓦享用过的顿顿晚宴：纯海龟浓汤，用波状的西西里葡萄叶包裹的美味多汁的圃鹀，带着浓重琥珀色、散发着浓郁琥珀香味的香槟——我想，戴格奈特 1880 香槟酒正是你的最爱吧——所有这一切还有待支付。威利斯的晚餐，总是为我们预留的特制佩里埃－诺艾特混合香槟酒，从斯特拉斯堡直送的奇妙的肉馅饼，上桌时总是沉在大钟形玻璃杯底部的绝美的上等香槟，真正能欣赏生活真正的精致纤秾的美食家们可能会更好地品尝它的芬芳——所有这些美味都不可能享用完后就抹嘴一走了之，像不诚实的顾客留下坏账那样。哪怕是那颗精雅的袖扣——那是为庆贺我的第二部喜剧上演成功，由我自己设计、在亨利·刘易斯店为你定制的小礼物，那四颗闪着银光的心形月长石由红宝石和钻石相间作为背衬串联而成——甚至这些也得付钱，尽管我相信几个月后你就将它们卖了，为的是去点一首歌。不管你做了什么，我不能让珠宝商因我送你的礼物而赔钱。因此，哪怕是得到了释放证，你瞧，我仍有债务要偿还。

破产的真相也是人生的真相。每一件事情的完成总有某个人要为此埋单。甚至连你自己—— 你渴望免除任何职责的绝对自由，你执意要别人为你提供一切，你想尽办法拒绝别人要求你对他们付出爱恋、尊重或感激等诸多情感——甚至你也将会在某一天严肃反思你的所作所为，并且会尝试着赎罪，不管这已经是多么徒劳无益。你将无法真正赎清罪过，这一事实也会成为对你惩罚的一部分。你不可能洗洗手就将本属于自己的责任推得干干净净，然后仅靠耸耸肩轻松地笑笑就又继续结交新欢，享有一顿刚摆放好的宴席。你不可能将你带给我的一切当作一场感伤的回忆，时不时在你抽支香烟或啜杯甜酒时被提起，作为你现代欢乐生活的如诗如画的背景，就像是一家普通客栈里悬着的旧挂毯。或许，此刻对这些陈年旧事的追忆具有一种新酱汁或新佳酿般的迷人风味，但一场欢宴余下的残羹冷炙会发馊，一瓶美酒剩余的残渣是苦涩的。迟早有一天，或是今天，或是明天，你会明白这点的。不然，你没来得及明白就死了，那你这一生过得多么卑劣干枯、苍白而毫无想象力啊。在我写给莫尔的信中，我提出一个观点，你最好从这个观点出发处理这件事，越快越好。至于是什么观点，莫尔会告诉你的。你要弄明白，你将不得不培养自己的想象力。记住，想象力是一种素养，它能让你像理解理想那样理解现实中物和人的关系。如果你在这个问题上自己明白不了，就去和别人谈谈议议吧。我不得不面对面注视我的过去，你也面对面看看你的过去吧，安静地坐下来想想。至恶是肤浅。最终能明白的总是对的。和你的哥哥谈谈，事实上最适合与你交谈的人是珀西。让他读读这封信，让他知道你我友谊的一切。当事情都清晰地摆放在他面前时，不下判断更好些。如果当初我们就能告诉他真相，我可以免去多少苦难和羞辱啊！记得你从阿尔及尔抵达伦敦的当晚我就这样提议过，但你完全拒绝了。因此，当珀西晚饭后进来时，我们只好上演了一出"你父亲是极易受荒诞无理幻觉支配的疯子"的喜剧，这出戏在演的时候真是一流啊，因为珀西自始至终都看得非常认真。不幸的是，整出戏却以一种令人恶心的方式结束了。我此刻写的这封信就是这出戏的结局之一，如果它令你不舒服，请别忘了，这是我最深的耻辱，是我必须经受的耻辱。我别无选择，你也一样，别无选择。

我想和你说的第二件事是我出狱之后你我见面的条件、形式和地点。从你去年夏初写给罗比的信的摘录得知，你已将我给你的信和送给你的礼物——至少是我的信和礼物的残留部分——封存为两个包裹，你希望将它们亲自交给我。当然，你是不应该再留着它们，你不明白我为什么要给你写美丽的信。同样，你也不明白我为什么要送你美丽的礼物。你不明白前者不是用来出版的，正如后者不是用来典当的。并且，它们属于一段远逝已久的生活的侧面，属于一段你无论如何也无法欣赏其恰当价值的友情。你现在一定满怀惊叹地回溯起自己双手拥有我整个生命的日子，我也要满怀惊叹地追溯它们，但是带着远为不同的另样心绪。

如果一切顺利，我将于五月底刑满释放。我希望能立刻同罗比和莫尔·安迪一起离开英国，去某个海滨小村庄。正如欧里庇得斯在他创作的关于伊菲吉妮娅[1]的一部戏剧中说的：大海能洗净世界的污垢和伤口。

我希望至少能和我的朋友们住上一个月，有他们的友爱相伴，我能赢得康健、安宁和平和，我的心能少受困扰，我的心情能变得更加恬美。我奇异地渴望那些既壮美宏大又简单原始的事物，比如大海，比如大地，它们对我就像母亲一样。在我看来，我们人类对自然过多地瞻望旁观，却鲜少与其共生共息。我在希腊人的生活态度中感知到一种清明通达，他们从来不饶舌于日落时分的夕阳，不

1.伊菲吉妮娅，出自荷马所著的古希腊史诗《伊利亚特》，希腊神话中联军首领、迈锡尼王阿伽门农的女儿。

为草地上的斜影是否真正是紫色而喋喋不休，但他们明白大海可拥抱游泳者的身姿，沙滩可亲吻奔跑者的裸足，他们因树荫绿影而热爱绿树，因正午林中的沉静而热爱森林。葡萄园的园丁们弯腰修剪着嫩枝新芽，为了遮挡烈日的曝晒，他们用常春藤编成花环戴在发际。他们也用月桂的苦叶和野生欧芹编成花环——这两种植物对人也没有别的用途——作为桂冠献给艺术家和运动员，因为他们是希腊留传给我们的两类人之精华。

我们自诩身处注重实用的年代，却不知晓任何一件事物的用途。我们已经忘了水是可以涤荡污垢的，火是可以洁净邪毒的，大地是所有人的母亲。结果，我们的艺术创作就成了月亮和阴影的游戏，而希腊艺术是直面世间万物的太阳的艺术。我确实感觉到大自然有净化人的力量，我想回到大自然中去，与风雨火土共生存。当然，对于一个如我这般摩登的"世纪娇儿"，仅用双眼看世界已经是一件可爱的美事。一想到出狱那天就能看到花园里盛开的金莲花和丁香花，我就高兴得全身发抖。我能看见微风拂过，金莲花轻轻摇曳，风花共舞美不胜收，微风晃动着丁香花淡紫色的羽状花朵，使整个花园充溢了远方阿拉伯的气息。当林耐[1]第一次看到英格兰高原上高高的石楠灌木被盛开的黄褐色普通荆豆花染得金黄时，他高兴得跪地哭泣。我知道，花朵对我来说就是欲望的一部分，某一朵玫瑰

---

1. 卡洛勒斯·林耐（1707—1778），瑞典博物学家，创立双名命名法，最早阐明动植物种属定义的原则，为近代分类学奠定基础，著有《自然系统》《植物种志》等。

的花瓣正泪水盈盈地等着我呢。此情此景从我童年开始一直是这样。通过与万物之灵相连的某种纤渺难察的同情共感，一朵蓓蕾中蕴含的微妙色彩，一片贝壳呈现的别样弧度，莫不激发我的天性与之相和对鸣。像戈蒂埃[1]一样，我也一直认同"眼睛所视皆为存在之物"的观点。

然而我现在觉得，这种美纵然令人赏心悦目，但其背后还隐藏着某种灵魂的力量，五彩的外在形式和形状只是这种灵魂的表达方式，而我渴望与之和谐共融的正是这个灵魂。我已经厌倦了将人与事都说得清晰明白的话语表达。隐藏在艺术中的神秘，生活中的神秘，大自然中的神秘——这才是我正在寻找的，我可能会在伟大的交响乐中，在悲伤的萌动中，在大海的深处找到它。我一定要在某处找到它，这对我是必须的。

所有的审判都是对生命的审判，正如所有的判决都是死亡判决，我已经经历过三次审判了。第一次我离开陪审席即被逮捕，第二次我被带回拘留所，第三次是被押进监狱服刑两年。在我们建构的社会中我已无立锥之地，它令我一无所有。但是大自然将甜美的雨露同时洒向不义和正义之人，我或许可以躲藏在岩缝里，或许可以在人迹罕至的寂静山谷里不受打扰地独自哭泣。她会让夜空挂满繁星，使我在野外暗夜行走时不会跌跌撞撞；她会让清风抚平我行走时留

1.泰奥菲尔·戈蒂埃（1811—1872），法国诗人、小说家、评论家，首倡"为艺术而艺术"，作品有诗集《珐琅与玉雕》、小说《木乃伊的故事》等。

下的脚印，使我不致被人循迹追踪而遭受伤害；她会置我于浩海瀚河中涤荡洗净，会用苦涩的药草为我治病疗伤，使我痊愈康复。

一个月后，当六月的玫瑰肆意怒放时，如果可能的话，我会通过罗比，在国外某个安静的小镇——比如比利时的布鲁日——安排与你见面。布鲁日灰色的房子，绿色的运河，清凉安静的巷道多年前就令我魂牵梦萦。你要暂且改变你的名字，你那如此引以为豪的贵族头衔——说实在的，它使你的名字听起来像是一朵花的名字——要暂时放弃，如果你想要见我的话。同样的，曾被名流之嘴说得如此悦耳动听的我的名字也要被我丢弃。我们这个世纪是多么狭隘卑劣，不堪重担啊！它给予成功人士以斑岩宫殿，但对于饱受悲伤和耻辱之人，它甚至连篱笆房都不给，它全部的能耐就是命令我改换他名。这样一来，那些恪守中世纪精神的人就会给我一件僧侣的蒙头斗篷，或是一块麻风病人的遮脸巾，躲在斗篷、脸巾后面的我方可得到安宁。

尽管我们经历了这么多事情，我仍希望你我的这次见面应该像见面该有的样子。在过去的旧时光，你我之间横亘着一条宽阔的裂缝——因已取得的艺术成就和已习得的文化造成的裂缝；而时至今日，你我之间横亘着一条更宽阔的裂缝——悲伤的裂缝。但对一颗谦卑的心而言，没有什么是不可能的，爱会让一切变得简单。

至于你对此封信的回复，可长可短，由你自己选择。信封上请写"里丁，H.M. 监狱，典狱长收"，在这信封里再放一个信封用来装你写给我的信，这信也不要封口。注意：你的信如果写在薄纸张上，不要两面都写，那会使读信人展读困难。我是带着完全的自由给你写信的，你也可以以同样的方式写信给我。有一点必须请你告诉我，就是为什么你从不给我写信。自从前年的八月以来，特别是去年的五月份之后，迄今已有十一个月了。你明明知道，并且你对其他人也承认，你知道自己如何令我饱尝痛苦，并且在这点上我又是如何清楚明白。一个月又一个月，我等着你的信。即使我不在等而是对你关上大门，你也本该知道从来没有人能对爱真正关上大门，将其拒之门外。福音书中记载的那位不义的法官最终要起身做出正义的裁决，因为"正义"天天来敲他的门。同样在夜晚，那位内心其实没有友情的人不得不对他的朋友让步，只因为他朋友一遍遍反复地"胡搅蛮缠"。世间没有一所监狱可以阻挡爱的强行进入，如果你不明白这点，可以说你对爱一无所知。还请你告诉我你写给《法兰西信使报》的那篇文章里有关我的一切内容。它的内容我已知道一些，你最好能从排版的原文抄录。并且，也请让我知道你诗集上的确切题词。如果它是散文体，就引用散文；若是诗歌，就引用诗行。我不怀疑其中必包含美。请完全坦诚地写信告诉我你自己的一切：你的生活，你的朋友们，你种种的日常消遣。告诉我你出版的书及其受欢迎的程度。不要害怕，把你想为自己说的一切说出来。不要口是心非，写你想写的，这就是我对你的全部要求。如果你的信虚情假意，或伪装真诚，我从字里行间的语气中马上就能觉察出来。

我一生对文学的朝拜顶礼不是漫无目的的，也不是一无所成的，我已让自己成为：

声音和音节的吝啬者，

正如迈达斯[1]对他的钱币一样。

也请你记住，我对你还需要进一步了解。或许你我彼此间要重新认识。

对你自己，我最后仅再说一件事：不要害怕过去。如果人们告诉你过去无可挽回，不要相信他们。过去、现在和未来仅是上帝目光中的一刻，我们应努力活在这样的目光中。时间和空间，连续和扩展仅是思想的偶然条件，想象力能超越它们，使我们在理想的存在维度中自由翱翔。万物的精华也是由我们的选择促其生成的，一件事物存在的本质是根据一个人观察它的方式而定的。布莱克有诗云："别人只看到晨曦布满山岗，而我看见了上帝的儿子们在欢乐地呼朋唤友。"当我受人怂恿采取行动与你父亲对抗时，在世人和我本人看来，我已无可挽回地输了。我敢说，其实我早在那之前就已输了。展现在我面前的就是我的过去，我要让自己以不同的眼光看待它，我要让世界以不同的眼光看待它，我要让上帝以不同的眼光看待它。对于我的过去，忽略或轻视、赞颂、否认都不是办法，

1.迈达斯（Midas），希腊神话中古国弗里吉亚的国王，贪恋财富，以巨富著称，传说能点石成金。

我唯一要做的，只有将之作为我生命和性格演变的一部分全面接受，即向我所遭遇的每一件事低头鞠躬。我离自己灵魂真正的秉性有多远，这封信已经以它变化不定的心境，以它的讽刺和怨怒，以它的激情渴望和自知无法实现这一渴望的黯然神伤相当清晰地展露给你了。但别忘了，我是在一所多么可怕的学校完成这一任务的。尽管我距离完美相差甚远，但你仍然可以从我身上学到很多。你是抱着向我学习生活之乐和艺术之愉的目的来到我身边的，或许冥冥之中，我是被上帝挑选来教给你一个更灿烂的秘密：痛苦的含义和蕴含在痛苦中的美丽。

你深挚的朋友

奥斯卡·王尔德